GW00716682

FOLIOTHÈQUE

Collection dirigée par
Bruno Vercier
Maître de conférences
à l'Université de
la Sorbonne Nouvelle - Paris III

Georges Perec

W ou le souvenir d'enfance

par Anne Roche

Anne Roche

présente

W ou le souvenir d'enfance

de Georges Perec

Gallimard

Anne Roche enseigne la littérature française et le cinéma à l'université de Provence. Dernières publications : *L'atelier d'écriture* (Dunod, 1995), *Celles qui n'ont pas écrit* (Édisud, Aix-en-Provence, 1995), *Amadeus ex machina* (Éditions Causse, Montpellier, 1997).

LISTE DES ABRÉVIATIONS

Pour *W*, les références de page entre parenthèses renvoient à la réédition de 1997, dans la collection « L'Imaginaire » (Gallimard), n° 293.

INTRODUCTION

En 1969, les lecteurs de *La Quinzaine litté-raire* découvrirent un curieux feuilleton, signé Georges Perec, et intitulé *W*. C'était d'abord un roman d'aventures, mais qui tournait court et se transformait en la description minutieuse d'une cité imaginaire, située sur un îlot de la Terre de Feu, dans un temps indéterminé, et régie par des lois énigmatiques, dont l'inhumanité se dévoilait peu à peu.

Résumé du feuilleton (première partie)

Un homme, dont on ne saura jamais le vrai nom, raconte son histoire. Il a survécu à une catastrophe mystérieuse dont il est le seul survivant, et dont il se sent contraint de témoigner. Sa vie antérieure est d'abord assez banale. Orphelin, il a grandi dans une famille adoptive, moitié fils, moitié valet de ferme. Enrôlé dans l'armée, il a déserté, et a été pris en charge par une organisation d'objecteurs, qui lui a procuré de faux papiers, au nom de Gaspard Winckler. Le faux Gaspard mène dès lors une vie tranquille, il est mécano dans un garage, il vit seul. Un jour lui arrive une lettre, signée d'un certain Otto Apfelstahl, convoquant le faux Gaspard dans un grand hôtel d'une ville voisine. Il prend peur, envisage de fuir, puis décide de s'y rendre. Otto Apfelstahl lui apprend qu'il porte le nom d'un jeune garçon, fils d'une célèbre cantatrice, Caecilia Winckler : l'enfant étant sourd-muet, en fait psychotique, sa mère avait entrepris de faire avec lui un tour du monde en bateau, dans l'espoir qu'un jour quelque chose l'éveillerait à la vie. Près de la Terre de Feu, le bateau a sombré : on a retrouvé les cinq cadavres des passagers et de l'équipage, mais pas le corps de l'enfant. Celui-ci a peut-être survécu. Le faux Gaspard, que rien ne retient dans sa vie actuelle, accepte la mission qui lui est proposée : partir pour la Terre de Feu à la recherche du vrai.

Que pensèrent les lecteurs de ce feuilleton ? Maurice Nadeau, qui l'avait accepté de confiance, se souvient de « cette curieuse chose qui s'appelait *W* dont il me fournissait sept ou huit pages pour le numéro suivant, en vrai feuilletoniste. On m'en demandait les droits pour le Japon, mais, ici, *W* barbait un peu les lecteurs, je lui demandai d'abréger...[1] ». Les lecteurs avaient d'autant plus de raisons d'être déconcertés qu'au beau milieu du feuilleton, intervient une annonce de l'auteur pour le moins inattendue :

« Il n'y avait pas de chapitres précédents. Oubliez ce que vous avez lu : c'était une autre histoire, un prologue tout au plus, ou bien un souvenir si lointain que ce qui va venir ne saurait que le submerger. Car c'est maintenant que tout commence, c'est maintenant qu'il part à sa recherche[2]. »

Et le feuilleton continue à paraître, mais il a complètement changé.

1. Maurice Nadeau, « Georges Perec », *La Quinzaine littéraire* du 16-31 mars 1982.

2. *La Quinzaine littéraire* du 16-31 janvier 1970.

Résumé du feuilleton (seconde partie)

Plus de Gaspard W., vrai ou faux. Quelqu'un parle, qui n'a pas de nom ni de visage, une sorte de voix off qui détaille les curiosités et les mœurs de l'île W, comme le commentateur d'un documentaire géographique ou ethnologique. Il n'y a apparemment plus d'histoire, rien qu'une description, toute au présent, de cet univers W qui est situé du côté du Cap Horn.

D'abord le lecteur s'attend à voir réapparaître le faux Gaspard, ou apparaître le vrai. Rien : ni eux, ni personne. Cet univers est pourtant peuplé : c'est une sorte de cité olympique, à la hiérarchie méticuleuse, avec ses athlètes, ses arbitres, ses juges, ses compétitions, ses prix, ses fêtes... Un univers parfaitement organisé. Mais qui peu à peu se dévoile : l'horreur a été présente dès le début, mais la voix off ne nous l'a pas montrée, peut-être parce qu'elle n'en était pas d'emblée capable. Et c'est du même ton neutre, mais peu à peu modifié, qu'elle nous fait pénétrer, indice après indice, dans un univers de cauchemar, en un crescendo d'humiliations, d'enfermement, de privations, de tortures, enfin d'extermination sur une grande échelle, les dernières lignes évoquant de façon précise les camps de concentration.

Le texte est-il terminé ? Il est en tout cas suspendu. Perec prend congé du lecteur :

« Ainsi se termine, provisoirement, cette suite de textes obstinément orientés que j'ai écrits, quinzaine après quinzaine, pendant presque un an. Pour des raisons encore partiellement obscures, et dont l'effort d'élucidation constituera un des autres volets de cette entreprise, tout ce que je visais à travers ce projet ne put être atteint qu'au moyen de cette forme que le mot " feuilleton " ne recouvre que très imparfaitement : des textes partiels publiés presque immédiatement après leur rédaction.

« *Je remercie Maurice Nadeau et* La Quinzaine *littéraire de m'avoir ouvert leurs colonnes, assumant ainsi en même temps que moi les risques de cette entreprise. Qu'ils sachent, ainsi que leurs lecteurs, qu'ils m'ont permis, en s'engageant ainsi avec moi dans ce chemin irréversible, d'avancer dans l'exploration, pour moi difficile, d'une tentative aujourd'hui suffisamment avancée pour que sa publication bimensuelle ne soit plus nécessaire et pour que je puisse me risquer, dès à présent, à annoncer, pour le cours de l'année prochaine, sous le titre* W ou le souvenir d'enfance, le développement de ces textes[1]. »

C'est la dernière livraison du feuilleton, celle qui commence par ces mots : « L'Athlète W n'a guère de pouvoirs sur sa vie. Il n'a rien à attendre du temps qui passe. » Mais il se passera cinq ans avant que Perec puisse tenir sa promesse et publier « le développement de ces textes » : *W ou le souvenir d'enfance.*

Ce feuilleton étrange, déroutant, qui change la donne en cours de route, et qui, pour finir, avorte, Perec cinq ans après le publie sans en changer un mot ou presque[2] mais en le croisant d'un tout autre texte, écrit lui aussi à la première personne. La première personne ne renvoie plus au faux Gaspard Winckler, mais à quelqu'un dont le prénom est Georges (p. 35) et dont le nom de famille est Peretz, ou Perec (p. 56). Dans ce livre, paru en 1975 aux éditions Denoël, dans la collection « Les Lettres Nouvelles », dirigée par Maurice Nadeau, le roman paru en feuilleton alterne, chapitre après chapitre, avec « une autobiographie : le récit fragmentaire d'une vie d'enfant pendant la guerre[3] ». Nadeau, qui en dépit des réactions négatives de lecteurs continuait à faire confiance à Perec, témoigne : « Il en fit *[du feuilleton]* un livre où l'histoire de son camp de concentration olympique s'enlaçait avec ses propres souvenirs d'enfance, ouvrage savant et

1. *La Quinzaine littéraire* du 1er-30 août 1970.

2. Voir l'étude d'Odile Javaloyes-Espié sur les variantes entre le texte de *La Quinzaine littéraire* et le livre publié en 1975, in *CGP*, n° 2, et le chapitre « Genèse ».

3. Perec, quatrième de couverture de *W ou le souvenir d'enfance.* Dans l'édition originale, ce texte de présentation figurait sur les rabats intérieurs de la jaquette (illustrée) du livre.

1. Maurice Nadeau, « Georges Perec », *La Quinzaine* du 16-31 mars 1982.

2. Voir Dossier, p. 181, « L'accueil du feuilleton ».

3. Quatrième de couverture.

émouvant, peut-être celui où il a mis le plus de lui-même[1]. » Le premier chapitre est l'histoire du faux Gaspard Winckler, le deuxième l'autobiographie de Perec, le troisième revient à Gaspard Winckler, et ainsi de suite, avec une seule infraction à l'alternance, que nous examinerons plus tard.

Pourquoi cette fin abrupte du feuilleton, et pourquoi un tel intervalle de temps avant l'achèvement du livre ? Il y a là probablement des causes extérieures, comme l'accueil négatif qu'évoque Nadeau. L'univers inhumain décrit par le feuilleton ne pouvait-il que déconcerter, voire ennuyer les lecteurs[2] ? Mais la lassitude ou le désarroi des lecteurs de *La Quinzaine* ne rencontraient sans doute que trop les propres questions et doutes de Perec. Des questions qui vont le paralyser plusieurs années — tandis qu'il continue à écrire et à publier, et qu'il entreprend parallèlement une analyse. Et qui continuent à hanter le livre :

Résumé de l'autobiographie

« Je n'ai pas de souvenirs d'enfance » : c'est par cette affirmation provocante que Perec ouvre le premier chapitre autobiographique. « Récit pauvre d'exploits et de souvenirs, fait de bribes éparses, d'absences, d'oublis, de doutes, d'hypothèses, d'anecdotes maigres[3]. » Perec y raconte sa vie d'enfant pendant la guerre : son père, Juif polonais, engagé volontaire, est tué en 1940, sa mère est déportée à Auschwitz en 1943. Une cassure analogue à celle du feuilleton se situe en 1942, lorsque l'enfant quitte Paris pour le Vercors, où il sera mis à l'abri dans diverses pensions religieuses. Après la guerre, il revient à Paris où il est recueilli par sa tante paternelle et son oncle.

Le livre paru en 1975 est donc un tressage à plusieurs brins, comme dans l'exercice d'habileté manuelle que le petit Georges Perec avait appris à l'école :

« On disposait parallèlement des bandes étroites de carton léger coloriées de diverses couleurs et on les croisait avec des bandes identiques en passant une fois au-dessus, une fois au-dessous. Je me souviens que ce jeu m'enchanta, que j'en compris très vite le principe et que j'y excellais » (p. 80).

Ce tressage est matérialisé par une typographie différente : caractères romains pour les chapitres autobiographiques, caractères italiques pour les chapitres de fiction. Comment alors lire le texte ? Le lecteur sera tenté de se livrer à une transgression de l'ordre proposé, soit qu'il suive frénétiquement les chapitres en italique pour y traquer (en vain) le faux Gaspard Winckler et son homonyme noyé, soit que, dans les chapitres en romain, il cherche avec l'auteur à renouer les fils d'une enfance ravagée par la guerre, soit que, jouant le strabisme divergent, il essaie de lire tout à la fois... Mais le vrai du texte, n'est-ce pas précisément cette « fragile intersection[1] », cette impossible jonction entre les deux ?

Démêler des fils « inextricablement enchevêtrés[2] » et dans le même temps renouer les fils rompus, tel est le défi que *W ou le souvenir d'enfance* lance au lecteur.

1. *Ibid.*

2. *Ibid.*

I PARCOURS

I. L'HISTOIRE DE GASPARD

1. UN DÉBUT TRADITIONNEL

« Gaspard est tout le contraire d'un personnage [...] Il ressemble au noble dont Antoine Roquentin[1] raconte la vie, ou au cheval alezan que je ne sais plus quel personnage de *La peste* couche le soir sur le papier[2]. » C'est ainsi que Perec présente le héros d'un de ses premiers romans, intitulé *Gaspard pas mort* : certes, il ne s'agit pas encore du personnage de *W*, mais cette indication vaut aussi pour lui. Personnage-prétexte, narrateur d'un récit dont il n'est pas le héros, et appelé à s'effacer.

Récit à la première personne, qui affecte la forme extérieure de l'autobiographie, l'histoire de Gaspard commence pourtant de façon traditionnelle : le narrateur évoque d'abord un mystérieux voyage dans une contrée innommée, une mission qu'il n'a pu accomplir, un cataclysme dont il est le seul survivant (p. 13-14). Puis, toujours de façon canonique, il opère un retour en arrière et raconte ses origines, en commençant par « Je suis né... ». Mais la date en est laissée partiellement en blanc (p. 15) et les lieux de son enfance puis de sa vie de jeune homme ne sont désignés que par des initiales[3] : la seule indication géographique précise est « tout

1. Le héros de *La Nausée*, qui tente d'écrire la biographie de M. de Rollebon.

2. « *Cher, très cher, admirable et charmant ami...* », Correspondance Georges Perec et Jacques Lederer, Flammarion, 1997, 11 juillet 1958, p. 300.

3. Notons que les deux dernières initiales mentionnées, le lieu où il déserte et la ville où il s'établit ensuite, sont V.H., celles de la nouvelle *Le voyage d'hiver* (1979), qui relate les étranges aventures d'un livre intitulé « Le voyage d'hiver » et dont l'auteur est un certain Hugo Vernier.

près de la frontière luxembourgeoise »
(p. 16). La même imprécision de temps et de
lieu affecte le moment où se noue l'intrigue,
avec l'arrivée de la lettre d'Otto Apfelstahl.

De ce nom énigmatique, qui juxtapose la pomme
(*Apfel*) et le fer (*Stahl*), les notes préparatoires de
Perec nous apprennent qu'il est :

> « *construit comme Bienenfeld*
> *Apfel pomme*
> *Stahl (ami de Freud ?)*[1] ».

Ce nom de Bienenfeld, c'est le nom de l'oncle
David, mari de la tante Esther, qui recueillit Georges à
la fin de la guerre. Les rapports avec sa famille d'adop-
tion furent empreints d'ambivalence, ce dont *W* porte
la trace (p. 57 par exemple). Perec a donc choisi de
bâtir, sur le modèle du nom de son tuteur, le nom
d'un personnage assez inquiétant qui, sous couleur de
sauver — peut-être — le vrai Gaspard Winckler,
confie au faux une mission dangereuse et qui s'avérera
impossible.

Die Biene, c'est l'abeille, mais, à une lettre près, c'est
die Birne, la poire, qui appelle *Apfel* ; d'autre part, la
« construction » du nom — qui n'est évidemment pas
une invention de Perec, mais qui est la norme allemande, pour des noms propres et communs — fait
penser à deux titres de Jünger, *Stahlgewitter (Orages
d'acier)*, sur la guerre de 1914, et *Gläserbienen (Les
abeilles de verre)*. Enfin, l'éditeur allemand de la traduction des *Choses* est le Stahlberg Verlag : autant de
manières de désigner l'Allemagne sans la nommer
explicitement. On peut ajouter que le signifiant *Stahl*
fait songer étymologiquement à *Staline*, dont le nom
figure dans *W* lorsque Perec cherche dans la presse
des 7 et 8 mars 1936 ce qui s'est passé ces jours-là
(p. 37).

La lettre d'Otto Apfelstahl plonge son destinataire dans la perplexité : crêtée d'un blason

1. Cité *in* Claude
Burgelin, *Les par-
ties de dominos chez
Monsieur Lefèvre.
Perec avec Freud —
Perec contre Freud*,
Circé, 1996, p. 79.

qu'il ne peut déchiffrer (p. 19), elle l'invite à se rendre à l'Hôtel Berghof, au 18 de la Nurmbergstraße, dans la ville de K., sans lui en donner la raison. Perec, en décrivant la lettre et le blason, se souvient peut-être d'un somptueux papier à lettres acheté en solde, « pur chanvre et mallarméen d'aspect — incite à la douce missive ou à la lettre de cachet [...] en dépit du manque inconsolable d'un blason gravé que flanquerait une fière devise[1] ». Le manque est ici réparé par la fiction, mais s'agit-il d'une douce missive, ou bien plutôt d'une lettre de cachet, qui voue son destinataire à une incarcération sans issue prévisible, ou à pire encore ?

Comme le nom d'Otto Apfelstahl, ces noms de lieux, les premiers du texte à être précis, invitent au déchiffrement. Geneviève Mouillaud-Fraisse y a identifié « les adresses condensées de Sigmund Freud (la *Bergstraße*) et d'Adolf Hitler, sous le signe de Nuremberg[2] ». On peut y ajouter que le Berghof, c'est le nom du sanatorium de Hans Castorp dans *La montagne magique* de Thomas Mann, ce roman qui, on le sait, fait partie des intertextes importants de *La vie mode d'emploi*[3], et que l'Hôtel Berghof est l'une des villégiatures d'où Perec envoie ses *Deux cent quarante-trois cartes postales en couleurs véritables*[4].

Après mainte hésitation, le narrateur, dont nous ne savons toujours pas le nom, se décide à se rendre à l'invitation de l'inconnu. Il boucle son maigre bagage, « ce que j'aurais pu appeler, si cela n'avait été à ce point dérisoire, mes biens les plus précieux », parmi lesquels figure « une montre de gousset en argent qui aurait très bien pu me venir de

1. *GP/JL*, 3 septembre 1958, p. 372.

2. Geneviève Mouillaud-Fraisse, « Cherchez Angus. *W*, une réécriture multiple », in *CGP*, n° 2, p. 86.

3. *La disparition* comporte une réécriture lipogrammatique de *L'élu*, un autre roman de Thomas Mann.

4. *Deux cent quarante-trois cartes postales en couleurs véritables*, première publication dans la revue *Le fou parle*, n° 8, octobre 1978, p. 11- 16, repris in *L'infra-ordinaire*, Éditions du Seuil, coll. « La librairie du XXᵉ siècle », 1989, p. 53.

mon arrière-grand-père » (p. 23) : le conditionnel indique, sans y insister, que l'orphelin est sans héritage, même symbolique. À
son employeur, il donne pour raison de son
départ que sa mère est morte, et qu'il lui faut
aller à l'enterrement... alors que Perec lui-
même n'a appris la mort de sa mère que
longtemps après, de façon incertaine, devinée, et que sa mère « n'a pas de tombe »
(p. 62).

Parvenu à l'Hôtel Berghof, et seul dans le
bar, il commande une bière, et le barman lui
propose :

« Voulez-vous des bretzels ?

— Pardon ? fis-je sans comprendre.

— Des bretzels. Des bretzels pour manger en buvant votre bière.

— Non, merci. Je ne mange jamais de
bretzels » (p. 30).

Ce dialogue insignifiant, le lecteur le per-
çoit d'abord, comme le personnage, « sans
comprendre ». S'agit-il d'un effet de réalisme, qui serait alors assez peu dans le ton de
la narration qui a précédé ? Cette allusion
insistante, cette répétition du mot *bretzel*,
s'éclaire une vingtaine de pages plus loin :

« Le nom de ma famille est Peretz. Il se
trouve dans la Bible. En hébreu, cela veut
dire " trou ", en russe " poivre ", en hongrois
(à Budapest, plus précisément), c'est ainsi
que l'on désigne ce que nous appelons
" Bretzel "[1]... » (p. 56).

1. Étymologie dis-
cutable : *cf.* Marcel
Bénabou, « Perec
et la judéité », *CGP*,
n° 1, p. 19.

Autrement dit, Perec a encrypté dans la
fiction le nom de sa famille, ce nom qu'il
était seul à porter depuis la mort de ses
parents :

« L'étonnement de voir mon nom sur une tombe (car l'une des particularités de mon nom a longtemps été d'être unique : dans ma famille, personne d'autre ne s'appelait Perec) » (p. 58).

Lorsque Otto Apfelstahl arrive enfin, sa première question est pour identifier son interlocuteur, dont nous apprenons enfin le nom :

« Vous êtes Gaspard Winckler ? » (p. 32).

La réponse hésitante du narrateur nous intrigue, mais nous n'en aurons pas tout de suite la raison. Après quelques échanges anodins, vient la question :

« Vous êtes-vous déjà demandé ce qu'il était advenu de l'individu qui vous a donné votre nom ?

— Pardon ? fis-je sans comprendre » (p. 33).

On se rappelle alors avoir lu, trois pages auparavant, exactement la même réplique, qui répondait à la question du barman sur les bretzels : la question du nom propre parcourt comme un fil rouge ce chapitre V et le relie au chapitre VIII, autobiographique, où figure l'étymologie du nom Perec. Mais il faudra attendre le chapitre VII, dans l'impatience bien connue des lecteurs de feuilleton, pour en savoir plus sur cette identité.

2. LE NOM DE GASPARD WINCKLER

« Je ne fais pas allusion à votre père, ni à l'un des membres de votre famille [...] je ne pense pas non plus à l'un de ceux qui, il y a cinq ans, vous ont aidé à acquérir votre actuelle identité, mais, bel et bien, à celui dont vous portez le nom » (p. 39).

Qui est donc ce Gaspard Winckler qui a « donné son nom » au déserteur ?

« Gaspard » est un prénom à multiples origines : Gaspard Hauser, le mystérieux enfant trouvé, héros d'un poème de Verlaine que Perec cite plusieurs fois, d'un roman de Jakob Wassermann, d'un film de Werner Herzog ; peut-être *Gaspard de la Nuit* d'Aloysius Bertrand ; un des premiers titres de roman envisagés par Perec étant *La nuit*, puis *Gaspard*, ce qui permet à son ami Jacques Lederer de lui demander ironiquement : « Ton roman découle-t-il directement du précédent, c'est-à-dire as-tu tiré *Gaspard* de *La Nuit*[1] ? »

1. *GP/JL*, 12 août 1958, p. 343.

Quant au patronyme « Winckler », c'est d'abord un nom dans le film *M le Maudit*, de Fritz Lang : « Frau Elisabeth Winckler », un nom sur une plaque de maison, là où habite le meurtrier. Lorsque celui-ci est repéré par la pègre, un gamin chargé de le marquer pour identification trace à la craie, au creux de sa main, la lettre M (pour *Mörder*, meurtrier), et la pose comme par inadvertance dans le dos du criminel : la caméra est face à l'enfant qui écrit, si bien que pour le spectateur la lettre M se transforme en W[2].

2. David Bellos, *Georges Perec. Une vie dans les mots*, Éditions du Seuil, 1994, p. 573.

Efficacité de cet effet de miroir, ou du thème du massacre des innocents ? En tout cas, le nom va revenir à plusieurs reprises sous la plume de Perec. Son premier roman achevé, *Le condottiere* (1960), a pour personnage principal un certain Gaspard Winckler, « faussaire de génie », qui se définit lui-même ainsi : « Faussaire avec un grand F, faussaire avec une grande Faux, comme la Mort et le Temps[3]. » Perec a résumé l'intrigue de ce premier roman dans W :

« Le héros, Gaspard Winckler, est un faussaire de

3. Page 50 du manuscrit.

génie qui ne parvient pas à fabriquer un Antonello de Messine et qui est amené, à la suite de cet échec, à assassiner son commanditaire. » (p. 146).

Or le héros de la partie fictive de *W*, s'il n'est pas un faussaire, porte du moins un nom faux, usurpé, dont le véritable porteur a probablement rencontré la *Faux* de la mort en Terre de Feu[1]. Mais en outre, la technique du faussaire Winckler apparaît comme une sorte d'art poétique perecquien :

« Je prenais trois ou quatre tableaux de n'importe qui, je choisissais un peu partout des éléments, je remuais bien et je construisais un puzzle[2] » : or, cet art du prélèvement et du montage caractérise précisément *W* et, au-delà, l'ensemble de l'œuvre de Perec.

Ce nom reviendra dans *La vie mode d'emploi*, c'est celui de l'artisan qui fabrique les puzzles de Bartlebooth, et qui se venge de lui en piégeant le puzzle sur lequel Bartlebooth trouvera la mort :

« Assis devant son puzzle, Bartlebooth vient de mourir. Sur le drap de la table, quelque part dans le ciel crépusculaire du quatre cent trente-neuvième puzzle, le trou noir de la seule pièce non encore posée dessine la silhouette presque parfaite d'un *X*. Mais la pièce que le mort tient entre ses doigts a la forme, depuis longtemps prévisible dans son ironie même, d'un *W* » (*VME*, p. 600).

Le véritable Gaspard Winckler, d'après le récit d'Otto Apfelstahl, « était un garçon malingre et rachitique, que son infirmité condamnait à un isolement presque total [...] négligeant les fastueux jouets que sa mère ou ses proches lui offraient quotidien-

1. Sur la thématique du faux dans l'œuvre de Perec, *cf.* Marcel Bénabou, « Faux et usage de faux chez Perec », in *Le cabinet d'amateur*, n° 3, printemps 1994, p. 25-36.

2. Manuscrit cité, p. 82.

nement, refusant presque toujours de se nourrir » (p. 40). Cet état, d'après les médecins, n'est pas d'origine somatique, mais est imputable « à un traumatisme enfantin dont, malheureusement, les tenants et les aboutissants étaient encore inconnus, bien que l'enfant eût été montré à de nombreux psychiatres » (p. 40). Otto Apfelstahl relate au faux Gaspard comment Caecilia Winckler, ayant fait établir un passeport pour son fils, est amenée à fournir ce passeport à l'organisation d'objecteurs (p. 41). Puis il lui rapporte leur croisière, le naufrage, ses circonstances, et la possibilité qu'il y ait un survivant, puisque le corps du véritable Gaspard n'a pas été retrouvé.

Otto Apfelstahl dévoile alors le but de sa convocation : « Je voudrais que vous partiez là-bas et que vous retrouviez Gaspard Winckler » (p. 69). Le faux Gaspard multiplie les objections de bon sens : le naufrage a eu lieu quinze mois auparavant, les garde-côtes chiliens et argentins ont fouillé tous les îlots accessibles, la Terre de Feu compte « plus de mille îlots [...] la plupart inaccessibles, inhabités, inhabitables » (p. 87). « Un bref instant, j'eus envie de demander à Otto Apfelstahl s'il croyait que j'aurais plus de chance que les garde-côtes. Mais c'était une question à laquelle, désormais, je pouvais seul répondre... » (p. 87).

Cette ultime suspension du chapitre XI est bien dans le registre du roman d'aventures : une mission est proposée, le héros, silencieusement, est en train de l'accepter. Le lecteur tourne donc fébrilement la page pour savoir la suite. La suite, nous le savons, ne viendra pas : les deux pages suivantes sont blanches, la page de droite étant seulement marquée du signe de la coupure :

(...)

Cette même coupure à laquelle le récit autobiographique, après le chapitre X, vient se heurter. Ne nous hasardons pas à noircir la page blanche : pour le moment, laissons le lecteur dans ce suspens voulu par Perec.

II. « UN PAYS OÙ LE SPORT EST ROI »

Car si privé d'amour, enfant, tu voulus tuer, ce fut toi la victime[1].

Un homme solitaire ne peut pas construire de machines ni fixer des visions sauf sous une forme mutilée en les écrivant ou les dessinant pour d'autres plus heureux que lui[2].

Poursuivons la lecture des chapitres de fiction, lecture qui fut celle des lecteurs de *La Quinzaine littéraire*, en mettant provisoirement entre parenthèses les chapitres autobiographiques. La typographie, on l'a vu, les distingue : les chapitres de fiction sont en italique, alternance qui évoque l'adieu au lecteur du 16 janvier 1970[3]. Dans la première partie, celle dont le narrateur est le faux Gaspard, ils sont impairs de I à XI : on attendrait, selon le principe de l'alternance, un chapitre XII qui soit autobiographique. Or, en son lieu et place, le lecteur trouve la page blanche mar-

1. Raymond Queneau, *Chêne et chien* (1952), Gallimard, coll. « Poésie », 1969, p. 76.

2. Adolfo Bioy Casares, *L'invention de Morel* (1940), traduit de l'espagnol (Argentine) par Françoise-Marie Rosset, Robert Laffont, coll. « Pavillons », 1973, p. 130.

3. *Cf. supra*, p. 13.

quée du signe de la coupure, puis, à la page suivante, l'indication « Deuxième partie » avec une épigraphe de Raymond Queneau[1], enfin un chapitre XII, en italique, appartenant donc au registre de la fiction, et l'alternance se remet en place, tous les chapitres de fiction étant cette fois pairs.

Dans la première partie du roman, un récit d'aventures, à tout prendre assez classique dans sa forme et dans sa stratégie, tourne court et fait place à la description d'un univers d'horreur. L'attente du lecteur est donc déjouée, les amorces mises en place dans le récit du faux Gaspard ne sont suivies d'aucun effet, ce qui peut en effet déclencher l'agacement, voire l'agressivité du lecteur — tout enseignant ayant fait travailler *W* à ses élèves peut certainement en donner quelques exemples ! Mais cet univers effrayant était présent dès la toute première page du roman :

« Lentement j'oubliai les incertaines péripéties de ce voyage. Mais mes rêves se peuplaient de ces villes fantômes, de ces courses sanglantes dont je croyais encore entendre les mille clameurs, de ces oriflammes déployées que le vent de la mer lacérait. L'incompréhension, l'horreur et la fascination se confondaient... » (p. 13).

L'autobiographie fictive du faux Gaspard Winckler a fait quelque peu oublier au lecteur « l'inoubliable cauchemar » (p. 14) qui lui a pourtant été révélé dès le début. Si l'horreur ne se dévoile que progressivement au lecteur, cela correspond à un principe esthétique que Perec a formulé une première fois des années auparavant, à propos du livre de Robert Antelme, *L'espèce humaine*, où Antelme raconte sa déportation au camp de Gandersheim :

« Dans *L'espèce humaine* le camp n'est jamais donné. Il s'impose, il émerge lentement. Il est la boue, puis la faim, puis le froid, puis les coups, la faim encore, les poux. Puis tout cela à la fois. L'attente et la solitude. L'abandon. La misère du corps, les injures, les barbelés et la schlague[1]... »

De la même manière, Perec va s'attacher à ce que la réalité sinistre de l'univers W n'émerge que lentement. W n'est d'abord qu'« une tache vague et sans nom » sur les cartes (p. 94), et le redeviendra, puisque après l'apocalypse où s'abîme l'île, le faux Gaspard Winckler la cherchera en vain sur les cartes (p. 14) : mais dans l'intervalle, les précisions se seront accumulées, construisant peu à peu une image dont la signification, donnée en dernier lieu, aura déjà été devinée par le lecteur. Signification qui, on le verra, n'épuise peut-être pas le sens du livre.

1. LA VOIX OFF

Certes, le chapitre XII, le premier de la deuxième partie, énoncé par la voix off du guide touristique, n'en dissémine pas moins, dans son lexique, des indices inquiétants qui viennent contredire l'apparente impersonnalité de l'énonciation : *disloquée, égaré, naufragé volontaire ou malheureux, fatalité, disloquée* (bis), *misérable, dangereux, pestilentiels,*

1. Georges Perec, « Robert Antelme ou la vérité de la littérature », *Partisans*, n° 8, 1963, repris in *L.G., une aventure des années soixante*, Éditions du Seuil, coll. « La librairie du XXᵉ siècle », 1992, p. 96.

hostile, tourmenté, aride, glacial et brumeux, désertique, sauvage, maigres, autant de termes qui, tout en décrivant la nature hostile de l'île, préparent le lecteur à ce qui va suivre. Pourtant, là encore, on oublie ces indices, peut-être à cause de l'étrange début, qui juxtapose le conditionnel des contes de fées, l'irréel de l'enfance, à un présent inattendu :

« Il y aurait, là-bas, à l'autre bout du monde, une île. Elle s'appelle W » (p. 93).

Ce présent est aussi fallacieux pour une autre raison : il « présentifie » un univers dont nous savons depuis la première page qu'il a disparu sans laisser de traces, sans qu'il y ait d'autre survivant que le témoin, le faux Gaspard — et dont nous savons aussi qu'il s'agit d'un « fantasme », terme employé par Perec (p. 18). « Témoignage historique » d'un unique survivant, le narrateur, mais nous ne reconnaissons pas la voix du faux Gaspard Winckler : on a plutôt l'impression qu'il s'agit, comme dans *L'invention de Morel* de Bioy Casares (une lecture de Perec, dont il a fait la réécriture dans *La disparition* [1]), d'une espèce d'artefact, d'une voix morte, enregistrée, aussi illusoire que l'hologramme de Faustine dont le naufragé de Bioy Casares tombe vainement amoureux : voix spectrale qui peut bien être celle du fantasme. Cette voix, dont nous verrons qu'elle est malgré tout instable, manie le suspense, parsème des indices qu'elle dément ensuite, ce qui explique que bien des lecteurs aient vu un univers en train de se détraquer — alors qu'en réalité, c'est bien dès le début le même univers dément, mais qui se dévoile peu à peu à nos yeux.

1. *La disparition*, p. 32-39.

2. HISTORIQUE DE L'ÎLE

Le lexique inquiétant du début est vite recouvert par le récit des origines, de la fondation de l'île. Origines controversées, qui font l'objet de plusieurs variantes incompatibles, dont on retiendra la dernière : le fondateur de W, un certain Wilson, aurait été « un champion (d'autres disent un entraîneur) qui, exalté par l'entreprise olympique, mais désespéré par les difficultés que rencontrait alors Pierre de Coubertin et persuadé que l'idéal olympique ne pourrait qu'être bafoué, sali, détourné au profit de marchandages sordides [...] résolut de tout mettre en œuvre pour fonder, à l'abri des querelles chauvines et des manipulations idéologiques, une nouvelle Olympie[1] » (p. 95). Le fait même qu'il y ait plusieurs versions de ces origines est proclamé secondaire :

« Le détail de ces traditions est inconnu ; leur validité même est loin d'être assurée. Cela n'a pas une très grande importance » (p. 95).

Or, comme nous le verrons dans les chapitres autobiographiques, les souvenirs d'enfance eux-mêmes sont incertains, « invalides », leur transmission douteuse, et cela a une très grande importance, même si Perec ne le souligne pas explicitement, même s'il semble prendre plaisir à en montrer la fragilité.

Des éléments sont néanmoins sûrs. Les colons de W, en tout cas, sont « des Blancs, des Occidentaux, et même presque exclusivement des Anglo-Saxons : des Hollandais,

1. Voir le chapitre « Le fonctionnement criminel des sociétés », l'analyse de Robert Misrahi (« W, un roman réflexif », in L'Arc, n° 76, 3ᵉ trimestre 1979, p. 85-86) pour qui W, écrit en 1970-1974, serait une évocation indirecte des événements de « Septembre noir » à Munich en 1972 : voir Dossier p. 216.

des Allemands, des Scandinaves, des représentants de cette classe orgueilleuse qu'aux États-Unis on nomme les *Wasp* » (p. 95) (*White Anglo-Saxon Protestants*) : indice encore d'une race supérieure, connotation légère que cet univers n'est peut-être pas idyllique. Les « Allemands » sont donc présents dès le premier chapitre de la seconde partie ; le mot « Allemagne » n'apparaît que deux fois dans tout le livre (p. 15, p. 37) mais des signifiants allemands parsèment le texte : *Luxemburger Wort* (p. 30), Berlin (p. 118), Müller, Hauptmann (p. 133), Schreiber (p. 134), Westerman, Pfister, Grunelius (p. 136), *Oberschrittmacher* (p. 138), Friedrich (p. 150), von Kramer, Gunther (p. 160), Amstel (p. 169), *Raus, Schnell* (p. 210-211). À l'exception du nom d'Otto Apfelstahl, dans la première partie, et contrairement au grand jeu onomastique auquel il se livrera dans *Un cabinet d'amateur*, Perec n'a pas tiré parti des possibilités agglutinantes de l'allemand pour fabriquer des noms composés : les noms des sportifs cités ici sont des noms en général assez courants, d'une certaine banalité, façon peut-être aussi de suggérer que l'univers W, c'est ou ce peut être l'univers de tout le monde.

3. LES « DIEUX DU STADE » ?

Autre élément certain : « Ce qui est vrai, ce qui est sûr, ce qui frappe dès l'abord, c'est que W est aujourd'hui un pays où le Sport est roi, une nation d'athlètes où le Sport et la vie se confondent en un même magnifique effort » (p. 96). Et la voix off de passer au futur, temps de la promesse, promesse à la fois d'une initiation à des valeurs exaltantes pour le nouvel arrivant, et d'un accès à un savoir sociologique, qui fera apparaître comment tous les niveaux de l'existence, du social à l'individuel, sont déterminés par le même idéal (p. 96).

Un pays où le Sport est roi... Une nouvelle Olympie... On peut lire ces phrases innocemment. Et pourtant, cet idéal sportif est-il innocent ? Tout stade peut faire penser au Vel' d'Hiv' ou, pour reprendre le rapprochement qu'esquisse la fin de *W* entre son univers imaginaire et le Chili de Pinochet (p. 222), au stade où furent parqués les opposants après le putsch et la chute d'Allende. Le prétendu idéal évoque « ces Jeux olympiques de 1936, qui virent la légitimation internationale du nazisme, et l'apothéose anticipée d'Adolf Hitler[1] », 1936 étant aussi la date de naissance de Perec. Certes, ce n'est que lors du dévoilement final que cette vision de W sera définitivement élucidée, mais elle est néanmoins préparée dans l'esprit du lecteur par le caractère à la fois somptueux et hyper-organisé de la cité W. Description fastueuse des lieux (p. 96), de l'organisation de la cité en quatre villages, dominés par la Forteresse, siège du Gouvernement central de W (chapitre XIV), des épreuves sportives (chapitre XVI) : dans ce chapitre apparaît pour la première fois un indice inquiétant, avec le caractère dérisoire de certaines épreuves (course à cloche-pied,

1. Jacques Lecarme, « La page des sports », in *Le Magazine littéraire*, n° 316, décembre 1993, p. 40-42.

course en sac, planche d'appel du saut dangereusement savonnée), l'allure fort peu athlétique de certains participants (« Un novice faiseur de grimaces, ou affligé de tics, ou légèrement handicapé, s'il est par exemple rachitique, ou s'il boite, ou s'il traîne un peu la patte... ») et la menace voilée : « mais l'on court souvent des risques encore plus grands que d'être livré aux facéties d'un public hilare » (p. 120). Pour évoquer ces brimades, qui ne sont pas encore meurtrières, Perec se souvient peut-être de son service militaire, tel qu'il l'a raconté à Nadeau :

« J'accepte ma nouvelle condition parce qu'il serait peu sage, vu les arguments généralement utilisés par mes interlocuteurs, de faire trop nettement opposition — je me contente simplement de dénoncer les principaux mythes dont mes collègues se nourrissent : Supériorité de la race blanche, valorisation du coup de poing sur la gueule, du coup de crosse dans la gueule, du tesson de bouteille dans le ventre, du tabouret sur les omoplates, du coup de pied aux tibias — j'en passe et des moins drôles. Bah, à chaque jour suffit sa peine — ma tête est vide, mes idées creuses, mon corps meurtri. [...] Je vis solitaire, protégé quelque peu par mon silence — mes compagnons me savent orphelin : ils acceptent que je sois renfermé — je me prête au jeu[1]. »

---

1. *Une lettre retrouvée de Georges Perec*, datée du 1er février 1958, publiée par Maurice Nadeau dans *La Quinzaine, littéraire* du 16-30 septembre 1993.

4. CRESCENDO

Dès lors, le rythme va s'accélérant : le chapitre XVIII met en place la notion de *struggle for life* et dévoile que « ce n'est pas l'amour du Sport pour le Sport, de l'exploit pour l'exploit, qui anime les hommes W, mais la soif de la victoire, de la victoire à tout prix. [...] Malheur aux vaincus ! » (p. 123). C'est certes la voix off qui parle, ce n'est pas « l'auteur ». Pourtant, n'y a-t-il pas là une réminiscence d'une agressivité d'adolescent qui n'a pas trouvé d'autre issue que le dessin pour se dire, et qui reviendrait ici ? Évoquant les dessins d'athlètes que Perec griffonnait à l'âge de treize ans, et dont certains sont conservés, Jacques Lecarme affirme :

« On ne doute pas que le dessinateur se soit identifié au vainqueur, impérial, et se soit désolidarisé du vaincu qui chancelle, les bras ballants[1]... »

1. Jacques Lecarme, *art. cit.* p. 40.

L'organisation de la hiérarchie entre vainqueurs et vaincus, le système de récompenses perverses (p. 127-128) et de châtiments débilitants reposent entre les mains de maîtres anonymes et sans visage, dont le narrateur loue la « sagacité » et la « profonde connaissance du cœur humain » ; ces qualités leur permettent de prévoir le pire, non pour y parer, mais pour miser sciemment sur ce que la « nature » humaine a de plus dégradant. Cet univers d'expérimentation, cette référence pessimiste à « la nature », font songer à l'univers sadien[2], mais aussi bien à *La dispute* de Marivaux, où des enfants enlevés à leur famille sont élevés par des muets dans un monde artificiel, coupé de tout lien social, afin de mettre à l'épreuve leur construction du langage et de la sociabilité. Ici, la « nature » humaine se révèle faible et même autodestructrice ; mais la réaction possible du lecteur, choc, scandale, indignation

2. Voir Claude Burgelin, « Perec et la cruauté », *CGP*, n° 1, en particulier la partie « *W* ou l'île sadienne », p. 37.

devant l'injustice, se trouve désamorcée en douceur par l'apparente rationalité du système. Il n'est peut-être pas abusif de songer ici à l'ouvrage de David Goldhagen, *Les bourreaux volontaires de Hitler* [1], qui postule que le nazisme n'a été possible que sur la base d'un large consensus antisémite dans la population allemande, celle-ci considérant comme naturel que des êtres humains soient exclus de fait de l'humanité. Cette « naturalisation » de l'inhumain est, grâce à la neutralité de la voix énonciatrice, beaucoup plus efficace que ne le serait une dénonciation explicite.

1. David J. Goldhagen, *Les bourreaux volontaires de Hitler. Les Allemands ordinaires et l'holocauste*, Éditions du Seuil, 1997.

5. L'ABSENCE DU NOM DU PÈRE

Le chapitre XX expose le système onomastique en usage sur W : en fait, les individus n'ont pas de noms, mais des sobriquets, simples « repères atones, à peine plus humains que les matricules officiels » (p. 135) et surtout ils sont désignés par les victoires qu'ils ont remportées : le cumul de plusieurs noms donne droit à certains privilèges.

Cette question des noms, déjà rencontrée dans la première partie du feuilleton, fera retour dans les chapitres autobiographiques. Elle pourrait paraître anodine, anecdotique. Mais elle laisse déjà deviner que le nom, dans cet univers, n'est pas conféré par le père, mais par l'institution. Il se révélera plus loin que la fonction paternelle même a disparu. Dans un débat sur la violence, Perec a ironisé sur la prétendue universalité de l'Œdipe :

« Freud a écrit *Totem et tabou* où il a essayé d'universaliser la formation de l'Œdipe. [...] Il est évident que dans quelques années, on va pouvoir faire des voyages organisés dans des lieux où l'Œdipe n'existe pas. " Un charter vers le non-Œdipe "[1]. » Et si W était justement cette société où l'Œdipe n'existe pas ?

1. *Cause commune*, n° 7, novembre 1972, p. 14.

Dans le chapitre XXII, l'inégalité entre vainqueurs et vaincus déjà perçue s'aggrave : les « brimades » anodines, comme courir avec des chaussures mises à l'envers, vont crescendo jusqu'à une mort atroce : « [...] son cadavre dépecé sera exposé pendant trois jours dans les villages, accroché aux crocs de boucher qui pendent aux portiques principaux [...] avant d'être jeté aux chiens » (p. 148).

Ici, le modèle de *L'espèce humaine* semble écarté. En effet, Perec souligne que, dans le texte d'Antelme, « il n'est ni pendaisons, ni crématoires. Il n'est pas images toutes faites, et rassurantes dans leur violence même. Il n'y a pas dans *L'espèce humaine* une seule " vision d'épouvante "[2] ». Mais cette « vision d'épouvante » du cadavre dépecé et exposé, dans *W*, reste exceptionnelle : dans la plupart des cas, l'impression d'horreur éprouvée par le lecteur tient plutôt à la lente dégradation des êtres, systématiquement organisée par les bourreaux, et qu'Antelme a bien su montrer :

2. « Robert Antelme ou la vérité de la littérature », *art. cit.*, p. 96.

« Le principe essentiel du système concentrationnaire est partout le même : c'est la négation. Elle peut être extermination immédiate [...] Elle est, plus souvent, destruction lente, élimination. Il faut que le déporté n'ait plus de visage ; qu'il ne soit qu'une peau tendue sur des os saillants. Il faut que le froid, la fatigue, la faim, l'usure l'atteignent ; il faut qu'il s'abaisse et qu'il régresse. Il faut qu'il présente le spectacle d'une humanité dégénérée, qu'il fouille les poubelles [...] qu'il ait des poux, la gale, qu'il soit recouvert de vermine. Il faut qu'il ne soit que vermine », écrit Perec dans son commentaire de *L'espèce humaine* (p. 98). Cette déchéance physique, qui s'accompagne dans le cas d'Antelme d'une extraordinaire résistance physique et morale, est évoquée de façon poignante par Marguerite Duras dans *La douleur* (P.O.L, 1985), où, sous le nom de Robert L., elle raconte le retour de déportation de celui qui était alors son mari[1].

1. Voir aussi Dionys Mascolo, *Autour d'un effort de mémoire. Sur une lettre de Robert Antelme*, Maurice Nadeau, 1987.

Et l'horreur du châtiment s'aggrave de son arbitraire. En effet, la loi W est imprévisible, changeante, tout y est fondé sur « une injustice organisée » (p. 149) : handicaps injustes, perturbations imprévues introduites dans les épreuves, voire jeu à qui perd gagne annoncé au dernier moment, etc. « La rigueur des institutions n'y a d'égale que l'ampleur des transgressions dont elles sont l'objet. [...] La Loi est implacable, mais la Loi est imprévisible. Nul n'est censé l'ignorer, mais nul ne peut la connaître » (p. 157).

C'est dans ce chapitre qu'apparaît pour la première fois un mot qui détone dans le contexte, le mot « crouilles », mot d'argot raciste désignant les Arabes, ici désignant les Athlètes sans titre, sans nom, innommés, qui bientôt seront « innommables » (p. 161). Si Perec, dans *Quel petit vélo à guidon chromé au fond de la cour*, avait évoqué la guerre d'Algérie, cet événement contemporain de son service militaire n'apparaît nullement dans *W*[2]. Ce mot, en ancrant le texte dans une réalité historique qui n'est plus celle de l'Holocauste, mais celle du colonialisme, tend peut-être à suggérer au lecteur l'unité fondamentale de tout racisme.

2. Le mot « Algérie » apparaît une seule fois (p. 196), mais c'est dans un contexte de fiction (c'est là que se situe la mort du fils d'Athos, dans *Le vicomte de Bragelonne*).

Ces Athlètes de dernier rang peuvent néanmoins conquérir un nom et les privilèges qui lui sont attachés, de même que les vainqueurs ne sont jamais assurés de conserver leur titre. Un principe éthique préside à ces perpétuels renversements : « Ils [les Officiels] aiment que leurs Vainqueurs soient les Dieux du Stade, mais il ne leur déplaît pas non plus, précipitant d'un coup dans l'Enfer des innommables ceux qui croyaient, un instant plus tôt, qu'ils en étaient sortis à jamais, de rappeler à tous que le Sport est une école de modestie » (p. 161). Ici encore, le narrateur continue à égrener sur le ton paisible de l'évidence une réalité sinistre.

6. L'ENFANCE W

Si la chronologie semble globalement absente de ces descriptions, une sorte de temporalité se fait jour avec le chapitre de la conception des enfants : en effet, après en avoir décrit les circonstances, le narrateur évoque la petite enfance et l'adolescence, puis l'entrée dans le monde des adultes. On serait donc tenté de croire que la tension créée dans les chapitres précédents va se relâcher, à la fois pour des raisons thématiques (le paradis de l'enfance) et structurelles (le passage d'une description hors temps à une narration plus rassurante, plus classique). De fait, l'incipit de ce chapitre est prometteur : « La conception des enfants est, sur W, l'occasion d'une grande fête que l'on appelle l'Atlantiade » (p. 167).

Or, dans le feuilleton, après avoir écrit ce chapitre publié le 1ᵉʳ mai 1970, Perec s'interrompt pendant une quinzaine :

« Nous avons, dans les avant-textes, un témoignage plus direct de ce blocage d'un écrivain qui ne peut plus supporter l'horreur de ce qu'il doit écrire. Le 30 mai 1970, il constate : " Je peux rester des heures à faire des réussites au lieu d'écrire *W* [1]. " »

1. Philippe Lejeune, *La mémoire et l'oblique. Georges Perec autobiographe*, P.O.L., 1991, p. 89.

Ce chapitre décrit d'abord la condition des femmes W, qui vivent surveillées dans des gynécées, cela pour les protéger des hommes. Elles sont en nombre limité, car à la naissance on ne garde qu'une fille sur cinq (p. 168) : cet infanticide systématique est présenté toujours sur le même ton impartial dont le lecteur a maintenant l'habitude. Quant à la fête des Atlantiades, c'est une course sauvage, suivie d'un viol collectif (p. 169). Il est à noter que les femmes n'ont pas de nom, puisqu'elles ne participent à aucune épreuve — sinon à celle-ci, d'où elles ne peuvent sortir victorieuses — ni même de sobriquet : elles ne sont qu'une masse anonyme, instrumentalisée uniquement pour la reproduction. Quant aux candidats violeurs, qui prétendent au titre envié de « Casanova », comme ils sont pour l'épreuve en nombre supérieur aux femmes, tous les coups sont permis pour éliminer les autres concurrents (p. 170-171), ce qui amène notre commentateur à préciser que « l'attrait exceptionnel » des Atlantiades vient de ce qu'elles « sont placées sous le signe de la plus entière liberté » (p. 177). Est-ce parce que le mot liberté fut perverti par les nazis (*Arbeit macht frei*) que Perec l'emploie pour désigner cette scène où tous, les violeurs comme les violées, sont précisément dépouillés de toute liberté et de tout droit ? Ajoutons que ce chapitre fait immédiatement suite à l'un des deux chapitres autobiographiques qui évoquent la nuit de Noël, fête de la Nativité, fête par excellence des enfants : nous y reviendrons.

Se dévoile ici un trait essentiel de la société W : la sexualité et l'engendrement des enfants ne dépendent nullement du choix des individus, mais sont régis par l'institution, ce que le lecteur avait déjà pu soupçonner à propos du système de nomination reposant sur les victoires sportives et non sur la transmission familiale.

Après la conception des enfants, le sort des enfants eux-mêmes. L'enfance est protégée et relativement heureuse, sans contraintes ni soumission à la loi (p. 188). Ne sachant rien du monde qui leur est promis, sinon par des indices lointains, les enfants attendent avec une certaine impatience ces « fêtes grandioses auxquelles ils seront admis un jour » (p. 188-189).

Le réveil est rude. À quinze ans, l'enfant, séparé de ses camarades, est affecté dans un village où il subit une dure quarantaine : épisode qui sera repris en écho dans le chapitre XXVII de l'autobiographie (p. 174). L'enfant découvre alors la réalité, et c'est par ses yeux que le lecteur, enfin dépris du commentaire illusionniste, la voit également : le lexique somptueux du conte de fées et de l'utopie fait place au lexique du sordide, du dégradant (p. 191). Et ici, brusquement, la voix neutre du commentateur se transforme aussi : prenant le relais des novices plus âgés que l'enfant, qui voudraient bien lui expliquer ce qui se passe mais n'y arrivent pas, la voix, tissant des répétitions incantatoires mais dépourvues de tout lyrisme, décrit enfin le réel qui n'est plus seulement W, qui n'est plus seulement l'univers concentrationnaire, qui est ce à quoi tout être humain est tôt ou tard confronté : « [...] comment expliquer que c'est cela la vie, la vie réelle, que c'est cela qu'il y aura tous les jours [...] Il y a cela et c'est tout » (p. 190-191).

À partir de là, le livre galope vers sa fin. Le ton de la grandiose fiction olympique s'est effrité, et le narrateur esquisse parfois un jugement (« Le système des clientèles est aussi fragile qu'il est féroce », p. 202) ou tend à démasquer le substrat historique de sa fiction : à l'évocation des intouchables, qui « rôdent la nuit près des gibets, essayant, malgré les Gardes qui les abattent à vue, d'arracher aux charognes des vaincus lapidés et pendus quelques lambeaux de chair » (p. 210), font suite l'insertion des ordres en allemand (p. 211) et, plus explicite encore, l'ultime métamorphose : comme les charcuteries exquises du festin des vainqueurs s'étaient changées en vulgaire saindoux (p. 190), les magnifiques sportifs des chapitres précédents deviennent des épaves humaines, squelettiques, vêtues de tenues rayées, qui disputent des épreuves grotesques. Et l'image finale est celle d'un homme seul, qui pénétrera un jour dans la Forteresse (serait-ce le faux Gaspard Winckler enfin reparu ?) pour y trouver « les vestiges souterrains d'un monde qu'il croira avoir oublié : des tas de dents d'or, d'alliances, de lunettes, des milliers et des milliers de vêtements en tas, des fichiers poussiéreux, des stocks de savon de mauvaise qualité... » (p. 220).

7. UNE LOI INVISIBLE

Ce qui fait naître le soupçon que, peut-être, les Maîtres de la cité n'existaient pas : cette Forteresse vide, qui ne contient que des restes, on peut en lire la description comme une projection dans le futur de l'après-apocalypse qui aura englouti W. Mais si on relit ce qui précède, on peut relever un trait qui avait pu d'abord échapper : les Maîtres n'apparaissent jamais. Les acteurs de la cité sont les sportifs, dans toute la variété de leurs catégories, ceux qui encadrent les épreuves, ceux qui les servent, mais qui préside aux destinées de tout cet univers si bien réglé ? on ne sait, cela échappe. C'est dans la Forteresse que « dans le plus grand secret, sont prises les plus importantes décisions » (p. 103), or l'emploi du passif dissimule l'agent qui les prendrait : on en vient à imaginer, comme dans maint roman de science-fiction, un univers régi par des machines toutes-puissantes, qui continueraient à fonctionner même en l'absence définitive de tout humain[1]. Au bout du compte, les seuls personnages de l'île sont les victimes (sportifs, femmes et enfants) et de petits bourreaux,

1. Dans les avant-textes de *W* on trouve une « machine », un ordinateur qui régit les destinées de l'île : voir Dossier, p. 167. Dans *L'invention de Morel* déjà cité, le naufragé est seul dans son île ; tous les êtres qui l'entourent, qu'il croit hostiles ou amicaux, sont des hologrammes enregistrés vingt ans auparavant, et animés par des machines.

juges ou gardes, qui obéissent à une Loi supérieure mais aléatoire et invisible. Là résiderait peut-être le secret de son inhumanité. Et tous, bourreaux ou victimes, sont égaux devant cette Loi : « Des êtres faibles et lâches s'agitent, se torturent, se détruisent, croyant par la mort des autres échapper à leurs obsessions — ici, boucs émissaires et bourreaux se donnent la main[1]. »

1. *GP/JL*, 22 mai 1958, p. 263. C'est en ces termes que Perec définit son projet de roman intitulé *La nuit*.

8. LA VRAIE NATURE DE L'OLYMPISME

C'est ainsi que progressivement, cette Cité où le sport est roi a révélé sa vraie nature.

« L'olympisme de Pierre de Coubertin est l'idéologie la plus raciste ou la plus féroce qui ait été consacrée ; l'institution des Jeux olympiques (ou des Spartakiades du bloc soviétique) fonctionne selon un modèle totalitaire ; le village olympique est ce qui ressemble le plus à un camp de détention, et le recours au nationalisme sportif caractérise les régimes fascistes ou staliniens[2]. »

2. Jacques Lecarme, *art. cit.* p. 41.

Pour en arriver à penser cela, Perec a dû s'éloigner de sa fascination de petit garçon ou d'adolescent pour le sport et ses héros, fascination dont on trouve mainte trace dans *Je me souviens*, et dans les dessins obsessionnels de « sportifs aux corps rigides, aux faciès inhumains » qu'il évoque dans le tout dernier chapitre autobiographique (p. 221). « Dès la fin de l'adolescence, cette culture sportive, très marquée à droite, incompatible avec ses

1. *Ibid.*, p. 42.

nouveaux goûts intellectuels, ne pouvait qu'être abandonnée et même reniée[1]. » Peut-on néanmoins avoir « le soupçon que l'enfant était du côté des sportifs inhumains », et conclure que dans ce dernier chapitre, il « présente comme une faute originelle ce qui fut sa passion pour le sport entre

2. *Ibid.*, p. 41.

neuf et quatorze ans[2] » ? Il est certain en tout cas que l'idéal sportif sort laminé du récit, et que la fin est sans équivoque ; l'évocation des dessins d'enfance suit la description des « restes » de la Forteresse (p. 220), laquelle allusion historique précise à l'Holocauste est redoublée par une longue citation du livre de David Rousset, *L'univers concentrationnaire*, qui figurait déjà dans le feuilleton et occupe dans la version définitive la quasi-totalité du dernier chapitre autobiographique.

La seconde partie du roman n'a donc pas répondu aux questions que posait la première. Que sont devenus le vrai et le faux Winckler, dans quel cataclysme s'abîme la monstrueuse cité W, comment le faux Winckler seul y a-t-il survécu, on n'en sait rien. Mais la tension narrative créée par le début de l'histoire, et apparemment engloutie dans la page blanche, fait retour, métamorphosée, dans l'univers de W, où elle se recompose à partir de zéro : d'un univers olympique, idyllique et un peu fade, on dérape peu à peu vers une société démente et criminelle. Cet univers, on l'a constaté, est réglé mais imprévisible : il y a bien un contrat social, un dedans et un dehors, un licite et un illicite, mais les règles en sont mouvantes, comme au jeu de la bataille navale où les grands cousins refusent de convier le petit Georges (p. 122). Il ne s'agit donc pas d'une société juste qui se détraquerait peu à peu : le fonctionnement criminel des sociétés — le sujet du livre — est présent d'emblée, mais masqué grâce à la neutralité longtemps maintenue de la voix off.

Perec, au moment de la publication de *W* en 1975, signe un prière d'insérer qui situe dans l'imaginaire le statut de cette moitié de texte :

« L'un de ces textes appartient tout entier à l'imaginaire : c'est un roman d'aventures, la reconstitution, arbitraire mais minutieuse, d'un fantasme enfantin évoquant une cité régie par l'idéal olympique. [...] Le récit d'aventures, à côté [de l'autobiographie], a quelque chose de grandiose, ou peut-être de suspect. Car il commence par raconter une histoire et, d'un seul coup, se lance dans une autre : dans cette rupture, cette cassure qui suspend le récit autour d'on ne sait quelle attente, se trouve le lieu initial d'où est sorti ce livre, ces *points de suspension* auxquels se sont accrochés les fils rompus de l'enfance et la trame de l'écriture. »

C'est maintenant le versant autobiographique qu'il convient d'interroger pour essayer d'y voir plus clair.

III. LA QUESTION AUTOBIOGRAPHIQUE

> J'ai déjà accompli de nombreux actes de vivant, j'ai notamment pleuré, et les larmes sont aussi loin que possible de la mort.
>
> Robert Antelme, lettre à Dionys Mascolo[1].

1. Dionys Mascolo, *Autour d'un effort de mémoire*, op. cit., p. 13.

> Il n'est pas vrai qu'il peut se taire et oublier. Il faut qu'il se souvienne. Il faut qu'il explique, qu'il raconte, qu'il domine ce monde dont il fut la victime.
>
> Georges Perec, « Robert Antelme ou la vérité de la littérature[2] ».

2. In *L.G.*, p. 89.

Après les chapitres de fiction, cinq années s'écoulent, pendant lesquelles Perec n'écrit pas seulement les chapitres autobiographiques de *W* : il publie *Les revenentes*, des textes dans *Cause commune*, des récits de rêves, qui aboutissent en 1973 à *La boutique obscure*, *Espèces d'espaces*, participe à l'ouvrage collectif de l'Oulipo, *La littérature potentielle*, travaille aux *Lieux*... Il pense certes à *W*, mais ce n'est plus avec la ferveur allègre qui marquait naguère le projet présenté à Nadeau :

« Je peux rester des heures à faire des réussites au lieu d'écrire *W*.

Je tente de préciser les mécanismes de cette espèce de blocage — ce qui m'y fascine [...]

Un chapitre du futur *W* devrait être consacré aux difficultés que j'ai eues à écrire ce récit[3]. »

3. Document n° 13, publié par Philippe Lejeune, *La mémoire et l'oblique*, op. cit., p. 118.

Ce n'est qu'en 1974 qu'il se remet véritablement au manuscrit de *W*, et il l'achève pendant l'agonie de sa tante Esther, en novembre 1974 :

11 novembre (1974).

Esther toujours dans le même état (désormais continuellement inconsciente).

Fini *W*.

[...] 13 novembre.

Recopie *W* chez moi.

Esther meurt vers 3 h 1/2[1].

1. Agenda inédit, cité par Régine Robin, « Un projet autobiographique inédit de Georges Perec : *L'arbre* », in *Le cabinet d'amateur*, n° 1, printemps 1993, p. 17.

1. TENTATIVE DE RETOUR DANS L'ESPACE

En revanche, il fait des repérages sur les lieux mêmes de son enfance : Harry Mathews se rappelle un voyage en Vercors :

« Je me souviens d'avoir trouvé avec Georges Perec la maison où il vécut à Villard-de-Lans (à la sortie du bourg, à gauche, avant le chemin de La Moraine) et de n'avoir pas pu trouver celle où il vécut à Lans-en-Vercors[2]. »

2. Harry Mathews, *Le verger*, P.O.L, 1986, p. 15.

« Je me souviens que j'ai amené Georges Perec au " Clocher ", le collège de Villard-de-Lans où pendant l'Occupation on l'avait caché (et même baptisé sous un faux nom). Le directeur lui demanda : " Vous ne seriez pas par hasard un parent de l'écrivain ? " Avec une contraction des épaules, Georges répondit : " Je *suis* l'écrivain. " *Les choses* étaient justement étudiées au collège à ce moment-là[3]. »

3. *Ibid.*, p. 23.

Perec se rend également, à plusieurs reprises, rue Vilin, où il a passé les toutes premières années de sa vie, « aujourd'hui aux trois quarts détruite » (p. 71).

Son ami Robert Bober, qui l'a dépeint dans *Quoi de neuf sur la guerre*[4] ? sous le nom

4. Robert Bober, *Quoi de neuf sur la guerre ?*, P.O.L, 1993, p. 215-216. *Cf.* aussi Dossier p. 224.

de Nathan, raconte que c'est un poème de Queneau qui lui avait donné l'idée de ces visites :

> « J'ai retrouvé le poème de Queneau qui avait alerté Nathan. Il s'agit de « Îlot insalubre » dans *Courir les rues* :
>
> *Avis d'appel d'offres*
> *travaux de démolition*
> *îlot insalubre n° 7*
> *(il n'y a que pendant les guerres que s'élucubre*
> *la démolition des îlots salubres)*
> *l'atoll en question baigne dans la rue des Couronnes [...]*
> *faut que j'aille voir avant que tout ça ne disparaisse...*
>
> Nathan était donc allé voir avant que tout ça ne disparaisse[1].

1. *Ibid.*

« Je suis revenu pour la première fois rue Vilin en 1946, avec ma tante. [...] Depuis 1969, je vais une fois par an rue Vilin, dans le cadre d'un livre en cours, pour l'instant intitulé *Les lieux*, dans lequel j'essaie de décrire le devenir, pendant douze ans, de douze lieux parisiens auxquels, pour une raison ou pour une autre, je suis particulièrement attaché » (p. 72-73).

Si le projet des *Lieux* a fini par être abandonné, Perec est néanmoins revenu six fois rue Vilin, entre 1969 et 1975, donc pendant les années de la gestation et de l'écriture de *W*.

Ces six visites, Perec les relate d'une manière qui exclut apparemment toute marque de subjectivité : il s'agit de descriptions détaillées des immeubles, des magasins, des enseignes, et même les allusions à sa vie sont énoncées de façon neutre :

1. Georges Perec, *La rue Vilin*, première publication dans *L'Humanité* du 11 novembre 1977, p. 2, repris in *L'infra-ordinaire*, *op. cit.*, p. 16.

2. *Ibid.*, p. 18-19. La couverture de l'édition originale de *W* est une photographie de cette inscription, en noir et blanc, surmontée d'un *W* géant en jaune.

3. *Ibid.*, p. 19 et 22-23.

4. *Ibid.*, p. 24.

5. *Ibid.*, p. 27-28.

6. *Ibid.*, p. 29.

« C'était, m'a-t-on dit, l'immeuble où vivaient les parents de ma mère[1]. »

« Au 24 (c'est la maison où je vécus) :

D'abord un bâtiment à un étage, avec, au rez-de-chaussée, une porte (condamnée), tout autour, encore des traces de peinture et au-dessus, pas encore tout à fait effacée, l'inscription

COIFFURE DAMES

[...] Le salon de coiffure était celui de ma mère[2]. »

Pourtant, le relevé des traces, s'il est objectif, n'est pas anodin : parmi les magasins inventoriés, l'un d'eux, fermé, s'intitule « La Maison du Taleth » et porte des signes hébraïques, cependant que la rue, presque vide d'habitants, se peuple de proscrits plus récents, Algériens, Noirs[3]. D'une année à l'autre, la rue se fragilise, des magasins ferment, des fenêtres sont murées. « La marchande du magasin de couleurs me prend pour un officiel :

— Alors, vous venez nous détruire[4] ? »

Une vieille habitante se souvient « de la coiffeuse du 24 :

— Elle n'est pas restée très longtemps[5]. »

En 1972, le texte est fort court, c'est une liste funèbre, la liste des numéros de la rue, la plupart suivis de la mention « détruit ». Mais Perec ce jour-là rencontre son double enfant :

« J'ai rencontré un enfant de dix ans ; il est né au 16 ; il part dans son pays, Israël, dans huit semaines[6]. »

Pas de visite en 1973. En 1974, au relevé des destructions, des terrains vagues qui progressent et grignotent l'espace, s'ajoutent quelques détails sinistres, carcasses de voitures, cadavre de moineau, ordures non ramassées, et une affichette annonçant une expropriation, et l'on ne peut s'empêcher de songer, à cinquante ans de distance, au *Paysan de Paris* d'Aragon, qui décrit comment les passages parisiens sont peu à peu dévorés par l'urbanisation moderne, en insérant dans son texte affiches officielles, tracts de protestation des riverains, publicités, etc.

La toute dernière visite se situe le 27 septembre 1975, vers 2 heures du matin, et ne donne lieu qu'à une mention fort courte :

« La quasi-totalité du côté impair est couverte de palissades en ciment. Sur l'une d'elles un graffiti

1. *Ibid.*, p. 31.

TRAVAIL = TORTURE[1]. »

À la date de cette dernière visite, *W ou le souvenir d'enfance* est achevé. Nul doute que ce graffiti n'ait évoqué pour Perec le *Arbeit macht frei* inscrit au fronton des camps nazis, le travail forcé et meurtrier qu'une ironie sinistre dit libérateur. Perec ne reviendra plus rue Vilin, la rue lui a dit ce qu'elle avait à lui dire.

Six ans après l'achèvement de *W*, Perec ira en Pologne, entre autres à Lubartow et à Pulawy, berceau de sa famille[2]. Qu'y trouve-t-il ?

2. Régine Robin, « Un projet autobiographique inédit de Georges Perec : *L'arbre* », *art. cit.* p. 8.

« Je n'ai pas de maison de famille, je n'ai pas de grenier, comme on dit, je n'ai pas de racines, je ne les connais pas. Je suis allé dans le village, au berceau de ma famille, comme on dit — il n'y avait rien à retrouver[3]. »

3. Entretien avec Ewa Pawlikowska, *Littératures*, n° 7, printemps 1983, Publications de l'université de Toulouse-Le Mirail, p. 75-76.

2. L'ANGOISSE AUTOBIOGRAPHIQUE

Mais l'on pourrait se dire que tous ces repérages, que ce soit dans le Vercors, en Pologne, ou dans le 20ᵉ arrondissement, ne sont en fait que des leurres (Perec n'y a rien appris qu'il ne sût auparavant, et il ne semble pas qu'aucun vrai souvenir ait surgi de ces pérégrinations), voire des esquives pour ne pas s'affronter à la terreur de l'écriture. Perec aurait-il connu l'angoisse de la page blanche, lui qui par ailleurs a tant écrit, et dans des registres si différents ?

En fait, cette difficulté d'écriture est évidemment liée au sujet même. Les chapitres de fiction lui avaient déjà coûté beaucoup, comme en témoigne le blocage admis par les avant-textes : ils étaient déjà, de son propre aveu, « sinon l'histoire, du moins une histoire de mon enfance » (p. 18). Mais l'hésitation est encore plus grave dès qu'il s'agit de s'affronter au récit du « souvenir d'enfance », ou d'ailleurs de tout projet qui touche à l'autobiographie, comme celui de l'histoire de sa famille :

« C'est un projet auquel je tiens beaucoup, mais je pense avoir un peu peur de m'y lancer vraiment [...] Quant à *L'arbre [l'un des titres qu'il a envisagés pour cette histoire de sa famille, appelée aussi* Le livre d'Esther*]*, je n'ai pas encore rassemblé tous les documents nécessaires et, comme je vous l'ai dit, j'*hésite* un peu à m'y lancer à fond[1]... »

Comme en réponse, Maurice Nadeau lui-même témoigne :

« Son enfance le hantait, il en avait gardé toutes sortes de documents : dessins, graffiti, photos tremblées, écritures sur cahiers d'écolier, papiers chiffonnés auxquels il attachait un grand prix. Il me parlait de ses tantes restées en Pologne, de sa famille de là-bas, il voulait s'en faire le Proust : " Tu verras, un grand roman, 800 pages[2]. " »

Ce grand roman ne sera jamais écrit, il n'en reste que des ébauches, mais *W*, avec son côté « tremblé » et « chiffonné », est peut-être un aboutissement plus achevé encore de cette « hantise » de l'enfance.

1. Lettre à Maurice Nadeau, 7 juillet 1969, reprise in *Je suis né*, Éditions du Seuil, coll. « La librairie du XXe siècle », 1990, p. 54 et 62.

2. Maurice Nadeau, « Georges Perec », *La Quinzaine littéraire*, 16-31 mars 1982.

3. RETOUR AU «PACTE AUTOBIOGRAPHIQUE» DÉCLARATION D'INTENTION

Pour décider si un texte est autobiographique ou non, il est possible de s'appuyer d'abord sur les déclarations d'intention de l'auteur. Perec a lui-même établi une classification, dans laquelle il définit quatre versants de son œuvre :

— «sociologique» : *Les choses, Espèces d'espaces, Tentative de description de quelques lieux parisiens*[1],

— «autobiographique» : *W, La boutique obscure, Je me souviens, Lieux où j'ai dormi,*

— «ludique» : les textes oulipiens,

— romanesque, «l'envie d'écrire des livres qui se dévorent à plat ventre sur son lit» : *La vie mode d'emploi*[2].

Mais vis-à-vis de l'autobiographie, Perec a multiplié les déclarations contradictoires. Si l'autobiographie n'est assignée qu'à un domaine de son œuvre sur les quatre, Perec reconnaît également : «J'encrypte dans mes textes (et, je le crois bien, dans tous) des éléments autobiographiques[3]» et «presque aucun de mes livres n'échappe tout à fait à un certain marquage autobiographique[4].» Il s'en démarque par ailleurs, ironisant sur le désir de se connaître soi-même :

«C'est le propre de l'homme de lettres de disserter sur son être, de s'engluer dans sa bouillie de contradictions [...] En fin de compte, je n'ai jamais trouvé cela très intéressant[5].» En 1970, après l'interruption du feuilleton, n'arrivant pas à se remettre à écrire, il s'avoue :

1. Ce dernier titre désigne le programme inaccompli des *Lieux*, évoqué à propos de la rue Vilin. *Cf. Tentative d'épuisement d'un lieu parisien* (1975 ; rééd. : Christian Bourgois, 1986).

2. «Notes sur ce que je cherche», in *Penser/Classer*, Hachette, coll. «Textes du XXᵉ siècle» 1985, p. 10.

3. Entretien avec Jean-Marie Le Sidaner, *L'Arc*, n° 76, 3ᵉ trimestre 1979, p. 5.

4. «Notes sur ce que je cherche», in *P/C*, p. 11.

5. «Les gnocchis de l'automne», in *JSN*, p. 68.

« Je recule peut-être devant l'ampleur de la tâche : dévider, encore une fois, l'écheveau, jusqu'au bout, m'enfermer pendant je ne sais combien de semaines, de mois ou d'années [...] dans le monde clos de mes souvenirs, ressassés jusqu'à la satiété ou l'écœurement[1]. »

1. « Je suis né », in *JSN*, p. 14.

Et, comme il l'écrit à Maurice Nadeau, chacun des projets dont il lui a fait part « n'entretient avec ce qu'on nomme ordinairement autobiographie que des rapports lointains[2] ».

2. Lettre à Maurice Nadeau, in *JSN*, p. 65.

Peut-être est-ce là qu'il faut chercher la clef de ces apparentes contradictions : *W* a-t-il vraiment un rapport avec « ce qu'on nomme ordinairement autobiographie » ?

4. Y A-T-IL « PACTE AUTOBIOGRAPHIQUE » ?

Définition de l'autobiographie

« Récit rétrospectif en prose qu'une personne réelle fait de sa propre existence, lorsqu'elle met l'accent sur sa vie individuelle, en particulier sur l'histoire de sa personnalité[3]. »

3. Philippe Lejeune, *Le pacte autobiographique*, Éditions du Seuil, coll. « Poétiques », 1975, p. 14.

Si l'on appliquait strictement les critères ainsi définis par Philippe Lejeune, seule une moitié de *W*, celle du *Souvenir d'enfance*, pourrait être qualifiée d'autobiographique — et encore : en effet, si elle satisfait au critère de l'identité entre le nom de l'auteur, celui du narrateur et celui du protagoniste, on ne peut guère soutenir que ces souvenirs fragmentés, douteux, contestés, et surtout limités à une portion restreinte de la vie, constituent un véritable « récit de la vie » de Perec. Perec avec *W* se fraie douloureusement une voie dans un genre qui n'est pas encore tracé, qu'il doit inventer en même temps qu'il tente de « déterrer » sa mémoire enfouie :

« Tout ce travail autobiographique (de *W*) s'est organisé autour d'un souvenir unique qui, pour moi, était profondément occulté, profondément enfoui et d'une certaine manière nié. [...] Ce n'est pas donné immédiatement. Ce n'est surtout pas l'événement tragique annoncé par les violons ! Ça doit rester tout le temps enfoui !

Cette autobiographie de l'enfance s'est faite à partir de descriptions de photos, de photographies qui servaient de relais, de moyens d'approche d'une réalité dont j'affirmais que je n'avais pas le souvenir. En fait elle s'est faite à travers une exploration minutieuse, presque obsédante à force de précisions, de détails. À travers cette minutie dans la décomposition, quelque chose se révèle[1]. »

1. « Le travail de la mémoire », entretien avec Franck Venaille, 1979, repris in *JSN*, p. 82.

5. UN MODÈLE DANS L'AUTOBIOGRAPHIE : LEIRIS

Dans cette recherche, Perec a néanmoins des prédécesseurs, mieux, des intercesseurs[2]. Celui dont l'influence a sans doute été décisive pour l'écriture autobiographique est Michel Leiris. L'impact de son œuvre sur Perec est essentiel, et mériterait à lui seul une étude à part. Bornons-nous à ce qui peut concerner *W*.

En premier lieu, Leiris, guidé à la fois par sa fréquentation des surréalistes et par sa lec-

2. Voir le chapitre « Les livres : " une parenté enfin retrouvée " ».

ture de *Psychopathologie de la vie quotidienne*, prête une extrême attention aux rêves, aux lapsus, aux actes manqués, et de façon générale à tout ce que l'on serait tenté de considérer comme insignifiant : il note et publie ses rêves *(Nuits sans nuits)* ou les assemble pour en faire une sorte de roman *(Aurora)*, comme Perec publiera *La boutique obscure*. Tous deux suivent une cure psychanalytique et s'interrogent sur ce qu'elle leur a apporté (ou ôté), sans jamais apporter de réponse tranchée[1]. Et la psychanalyse vient nourrir un travail sur le signifiant qui, chez tous deux, lui était de toute façon antérieur *(Glossaire j'y serre mes gloses, Langage Tangage, À cor et à cri*, pour Leiris, les œuvres oulipiennes pour Perec). Surtout, Leiris donne à Perec une sorte de modèle d'engagement autobiographique. L'auteur de *L'âge d'homme* avait pour ambition d'« introduire ne fût-ce que l'ombre d'une corne de taureau dans une œuvre littéraire[2] » en se peignant tel qu'il était, en ne reculant pas devant les aveux les plus susceptibles de choquer ou de heurter son entourage, suivant en cela l'exemple du maître de tous les autobiographes, Rousseau.

Pour autant, il ne dit pas tout. Si le *Journal*, que Perec n'a pu connaître[3], mais qui nourrit toute l'œuvre de Leiris, s'est voulu exhaustif sur ce qu'un homme peut dire de soi, son autobiographie au contraire procède, et le dit, par stylisation et montage :

« Ma mémoire procédant à la façon des livres scolaires où s'enseigne l'histoire, ce sont les éléments d'allure tant soit peu théâtrale qui y sont demeurés fixés, ceux qui

1. Voir le chapitre « Ce que je croyais être ma vie ».

2. Michel Leiris, « De la littérature considérée comme une tauromachie », préface de 1945 à *L'âge d'homme* (1939), Folio, p. 11. *Cf.* l'étude de Catherine Maubon, Gallimard, coll. « Foliothèque » (n° 65), 1997.

3. Michel Leiris, *Journal*, édition établie, présentée et annotée par Jean Jamin, Gallimard, 1992.

— au détriment d'éléments plus discrets quoique d'importance peut-être capitale — se recommandent surtout par leur capacité d'être mis en illustration[1]. »

1. Michel Leiris, *Fourbis*, Galli-mard, 1955, p. 20-21.

Que masque la mise en avant de ces « éléments d'allure [...] théâtrale », qui semblent bien différents des souvenirs modestes et pauvres de l'enfant Perec ? Une « lacune » fondamentale, qui en revanche ressemble bien à la « disparition » qui donne son impulsion à *W :*

« De ces lacunes obsédantes — lésions qui sont cause d'inquiétude et qu'il faudrait réparer pour avoir le sentiment euphorique de se posséder en totalité — l'une, peut-être, me fait sentir son vide de manière un peu plus gênante que les autres [...] Il est très vraisemblable toutefois qu'il ne s'agit pas là d'une lacune [...] mais d'un manque absolu (d'un défaut originel et non d'une disparition d'après coup) », et il s'agit de « l'événement [...] qu'aurait constitué pour moi ma prise de conscience de la mort[2] ». Prise de conscience de la mort de soi, relatée en détail dans le chapitre « Mors » de *Fourbis,* ou découverte — jamais dite, toujours incertaine dans le temps — de la mort de la mère, c'est bien à partir de ces deux lacunes essentielles que s'enracine le geste autobiographique. Mais une fois cela dit, ou pressenti, tout reste à faire. Le pacte est signé, reste à l'honorer.

2. *Ibid.*, p. 22.

IV. LES LIEUX COMMUNS DE L'ENFANCE

Si Leiris est l'inspirateur essentiel de Perec pour le pacte autobiographique, multiples sont les modèles de récit d'enfance auxquels il peut se confronter. Tous les mémorialistes et autobiographes, en effet, commencent par relater leurs origines, « pour satisfaire à une règle quasi générale et que, du reste, je ne discute pas », comme le dit le faux Gaspard Winckler avant d'entreprendre son propre récit (p. 15). Mais pour Perec, précisément, ces modèles peuvent-ils le guider, au point où il en est parvenu dans l'évolution de son écriture ?

En effet, en 1970, au moment où il achève le feuilleton *W* et croit pouvoir entreprendre aussitôt sa suite, Perec est un écrivain déjà connu, mais dont l'image de marque est brouillée, parce qu'aucun de ses livres ne ressemble au précédent. Certes, ces livres recèlent déjà quelques éléments autobiographiques : les souvenirs de ses années d'étudiant, puis de son année en Tunisie, pour *Les choses* (1965), l'ambiance du Quartier latin pendant la guerre d'Algérie et la question de la désertion, dans *Quel petit vélo à guidon chromé au fond de la cour* (1966), et, déjà, mais de façon cryptée, et telle que seule la lecture de l'œuvre ultérieure permet de le voir, la mort de la mère dans *La disparition* (1969). Mais ces traces autobiographiques, perceptibles pour le lecteur d'aujourd'hui, sont mineures : Perec apparaît avant tout, au lecteur de 1970, comme un auteur expérimental, sociologue du monde moderne et plus ou moins héritier du Nouveau Roman (*Les choses*), virtuose du lipogramme (*La disparition*), usager ludique des figures de rhétorique (*Quel petit vélo...*). Cet écrivain si novateur serait-il, en écrivant *W ou le souvenir d'enfance*, revenu à un genre bien connu, celui du « récit d'enfance » ? Aurait-il, devançant de quelques années Nathalie Sarraute (*Enfance*, 1983) et Alain Robbe-Grillet (*Le miroir qui revient*, 1985), frayé la voie à un « retour au moi » ?

1. LE STÉRÉOTYPE DE L'ENFANCE

Le récit d'enfance comporte ses « scènes obligées », moins véridiques que modelées par le désir et la rhétorique[1]. Perec le sait et s'en moque en en dressant une sorte de catalogue sardonique au début de *W* : « Comme tout le monde, ou presque, j'ai eu un père et une mère, un pot, un lit-cage, un hochet et plus tard une bicyclette [...] Comme tout le monde, j'ai tout oublié de mes premières années d'existence » (p. 25). Manière expéditive, à la fois de mettre sur le même plan les géniteurs et les objets familiers les plus ordinaires, voire appartenant au registre du scatologique, et de mettre en doute la possibilité de tout récit sur l'enfance, qui ne peut être qu'invention, puisque tout en est oublié. D'autres autobiographes s'en prennent, de façon plus classique, au stéréotype de l'enfance heureuse :

« On dit de l'enfance que c'est le temps le plus heureux d'une existence. En est-il tou-

1. *Cf.* Bruno Vercier, « Le mythe du premier souvenir », *RHLF*, 1975, p. 1033.

jours ainsi ? Non. Peu nombreux sont ceux dont l'enfance est heureuse. L'idéalisation de l'enfance a ses lettres d'origine dans la vieille littérature des privilégiés. Une enfance assurée de tout [...] restait dans la mémoire comme une clairière inondée de soleil à l'orée du chemin de la vie. [...] L'immense majorité des gens, si seulement ils jettent un coup d'œil en arrière, aperçoivent au contraire une enfance sombre, mal nourrie, asservie. La vie porte ses coups sur les faibles, et qui donc est plus faible que les enfants[1] ? »

D'autres encore rejettent l'idéalisation de l'enfant, « cette catégorie de pitoyables pygmées aux gestes peu conscients, désordonnés, aux cerveaux encore informes[2] ».

Or, il y a certes un stéréotype du récit d'enfance, qui consiste à la fois dans le choix des épisodes racontés et dans la tonalité même de la narration. Mais ce stéréotype n'est pas forcément idyllique. Si les récits d'enfance « noirs », comme *L'enfant* de Vallès, *Poil de Carotte* de Jules Renard ou *Ma vie d'enfant* de Gorki, sont plus rares, ils n'en ont pas moins la même finalité que les récits heureux : montrer comment, au terme d'un parcours initiatique, se forge une personnalité.

2. ENFANCES MODÈLES ?

« Cela commença par un petit livre bleu de nuit avec des chamarrures d'or un peu noircies, dont les feuilles épaisses sentaient le cadavre et qui s'intitulait *L'enfance des hommes illustres* [...] On encourageait les jeunes lecteurs : la sagesse et la piété filiale mènent à

1. Léon Trotsky, *Ma vie*, Gallimard, 1953, p. 17.

2. Nathalie Sarraute, *Enfance* (1983), Gallimard, coll. « Folio », p. 274.

tout, même à devenir Rembrandt ou Mozart ; on retraçait dans de courtes nouvelles les occupations très ordinaires de garçons non moins ordinaires mais sensibles et pieux qui s'appelaient Jean-Sébastien, Jean-Jacques ou Jean-Baptiste et qui faisaient le bonheur de leurs proches comme je faisais celui des miens[1]. »

1. Jean-Paul Sartre, *Les mots* (1964), Gallimard, coll. « Folio », p. 170-171.

Ce qui caractérise les récits d'enfance destinés aux enfants, c'est avant tout leur caractère d'*édification*, à tous les sens du terme : ils comportent un fléchage qui articule toutes les anecdotes, toutes les scènes, si disparates qu'elles puissent apparaître au premier abord, et les inscrit dans une construction. Que l'enfant soit « méchant », comme Sophie dans *Les petites filles modèles* ou Daniel d'*Un bon petit diable*, ou qu'il soit vertueux, son histoire doit servir d'exemple au jeune lecteur, lui présenter un itinéraire auquel il est invité à se conformer[2]. Et ce type de récit destiné aux enfants contamine en quelque sorte le récit qu'un écrivain fait de son enfance, atténue la capacité novatrice de l'œuvre, voire en gomme l'originalité, en la rapprochant des modèles scolaires les plus éprouvés : « Alain Robbe-Grillet et Marcel Pagnol, pour un lecteur pressé, se rapprochent étrangement quand ils tracent de leurs géniteurs des portraits émus ; Nathalie Sarraute, au terme de son parcours littéraire, retrouve les accents des dictées qui ont enchanté son enfance studieuse[3]. »

2. *Cf.* Geneviève Idt, « L'enfance des hommes illustres racontée aux enfants », in *Cahiers de sémiotique textuelle*, n° 16 « Le désir biographique », université Paris X, 1989, p. 23-44.

3. Jacques Lecarme, « La légitimation du genre », in *Cahiers de sémiotique textuelle*, n° 12 « Le récit d'enfance en question », université Paris X, 1988, p. 27.

Or *Le souvenir d'enfance* est au contraire marqué par sa fragmentation, sa pulvérisation, qui interdit que s'y construise le moindre sens édifiant. De plus, les conditionnels qui déréalisent le récit, pour n'être pas absolument sans exemple dans la littérature antérieure[1], et pour être d'un emploi relativement ponctuel, n'en sont pas moins essentiels à dessiner dans le texte des bifurcations, des alternatives inexistantes, qui en altèrent la « leçon ». Et pourtant, ce récit détruit n'en est pas moins une tentative pour reconstituer « ce qui fut, sans doute, pour aujourd'hui ne plus être, mais ce qui fut aussi pour que je sois encore » (p. 26).

1. Voir les exemples de Marie d'Agoult, Simone de Beauvoir, Rousseau, George Sand, Stendhal, etc., *in* Philippe Lejeune, « L'irréel du passé », *RITM*, n° 6 « Autofictions et Cie », université Paris X, 1993, p. 19-42.

3. ENFANT PUNI : ROUSSEAU

Perec prend donc place dans une tradition longuement attestée, qu'il connaît, et avec laquelle il ne s'interdira pas de jouer. Le premier modèle en est sans doute *Les confessions*. Mais les aveux bien connus de Rousseau, la fessée délectable, le peigne cassé ou le ruban volé, n'ont pas vraiment d'équivalent dans *W*. Perec se livre certes à quelques minimes aveux de crimes non moins minimes (l'escroquerie aux oranges palestiniennes, p. 164) mais pour l'essentiel, il est plus souvent victime d'erreurs judiciaires que véritablement criminel : privé de sa médaille d'honneur alors qu'il n'a pas poussé la petite fille dans l'escalier (p. 79), agressé par un camarade dont il a frôlé le visage par inadvertance avec son ski (p. 145), inexplicablement privé des damiers de bataille navale déchirés par Henri (p. 197), mis en quarantaine alors qu'il n'a pas enfermé la petite fille dans le cagibi

(p. 174), et pour finir, par un acte de Dieu, piqué par une guêpe qui vient lui signifier qu'à l'opposé de toute sa certitude intérieure d'innocence, et la faisant vaciller, il est bien coupable : « Pour tous mes camarades et surtout pour moi-même, cette piqûre fut la *preuve* que j'avais enfermé la petite fille » (p. 175). Piqûre qui est comme un lointain rappel de cette « étoile épinglée » qu'il n'a jamais portée, mais qui est comme un souvenir plus qu'individuel, que la médaille arrachée viendrait masquer (p. 80). Et la cicatrice provoquée par l'agression du camarade n'est pas seulement à l'origine d'une filiation symbolique qui amènera Perec au *Condottiere* d'Antonello de Messine et au choix de l'acteur d'*Un homme qui dort* (p. 146) : elle est aussi et surtout une manière de porter dans sa chair la marque de la mère absente, qui, elle, porta l'étoile.

1. Michel Leiris, *L'âge d'homme, op. cit.*

4. ENFANT BLESSÉ : LEIRIS[1]

Dans le chapitre précédent, nous avons vu combien le geste autobiographique de Leiris avait marqué Perec, sans que celui-ci toutefois se soit proposé de rivaliser avec *L'âge d'homme*. Tout lecteur de ce dernier livre y remarque le fil conducteur de la blessure et de la mutilation, incarnées dans les figures complémentaires de Judith la tueuse et de Lucrèce la victime, signalées dans les titres de chapitres « Yeux crevés », « Fille châtiée », « Sainte martyrisée », « Gorge coupée », etc. Le chapitre « Points de suture » relate l'origine d'une cicatrice : « Du dernier épisode que j'ai à relater ici j'ai été moi-même le héros, et je porte encore à l'arcade sourcilière gauche ma cicatrice d'" homme blessé[1] "... » *W* est aussi fertile en blessures, maladies (p. 186) et accidents, réels ou détournés de leur légitime propriétaire (p. 112-113). Mais dans les deux textes, l'essentiel est ailleurs. Chez Leiris, l'« agression » la plus douloureuse (une ablation des amygdales faite par surprise, alors que l'enfant s'attendait à aller au cirque) dicte une vision du monde :

1. *Ibid.*, p. 131.

« Toute ma représentation de la vie en est restée marquée : le monde, plein de chausse-trapes, n'est qu'une vaste prison ou salle de chirurgie ; je ne suis sur terre que pour devenir chair à médecins, chair à canons, chair à cercueil [...] tout ce qui peut m'arriver d'agréable en attendant n'est qu'un leurre, une façon de me dorer la pilule pour me conduire plus sûrement à l'abattoir où, tôt ou tard, je dois être mené[2]. »

2. *Ibid.*, p. 105.

Chez Perec, les récits indexent des « fractures éminemment réparables » (p. 113), des « douleurs nommables » (p. 114), qui sont « source d'une ineffable félicité » (p. 113) : ils ne donnent pas forme à un avenir, quel qu'il soit, mais proposent une « thérapeutique imaginaire » (p. 114) à un passé irrémédiable.

5. LES BORNES DE L'ENFANCE

Où s'arrête l'enfance ? À quel moment précis passe-t-on « du chaos miraculeux de l'enfance à l'ordre féroce de la virilité[3] » ? Les

3. *Ibid.*, p. 42.

narrateurs apportent des réponses fort différentes, l'âge de la fin d'enfance est variable : il peut être marqué par l'entrée dans la vie active, par la fin d'un cycle scolaire — c'est le cas d'*Enfance* de Nathalie Sarraute, qui s'achève avec l'entrée au lycée — ou par un événement heureux ou malheureux qui fait coupure dans la vie. Ce peut être aussi une exclusion thématique, destinée à écarter du récit ce qui le gâcherait : dans *Le roman d'un enfant,*

« Loti raconte sa propre enfance, mais à la différence des autobiographes qui prétendent tout dire, ne rien cacher, il annonce qu'il choisira, qu'il organisera, qu'il arrêtera son récit : " essaierai-je d'y mettre ce qu'il y a eu de meilleur en moi, à une époque où il n'y avait rien de bien mauvais encore. Je l'arrêterai de bonne heure, afin que l'amour n'y apparaisse qu'à l'état de rêve[1] ". »

---

1. Bruno Vercier, « Loti : fiction », in *Autofictions et Cie, op. cit.*, p. 120.

Chez Perec, le souvenir d'enfance s'arrête non avec la guerre, qui fournirait pourtant une coupure significative, mais avec le retour à Paris, le dernier souvenir étant la visite de l'exposition sur les camps de concentration (p. 215). Cette vision *met un terme* au souvenir, en ce sens qu'elle en *trace les limites* et qu'elle lui *donne un nom* (p. 18). L'enfance est-elle pour autant terminée ? n'est-elle pas « interminable », et n'est-ce pas le sens même de l'écriture de *W* ?

6. UN TEXTE DIALOGIQUE

Parmi les récits d'enfance évoqués plus haut, une frontière s'établit entre ceux qui ont été écrits antérieurement à la psychanalyse et ceux dont les auteurs, analysés ou non, ont vécu dans un univers culturel qui n'ignore pas Freud, fût-ce sous des formes vulgarisées. Pour Perec, qui a lu Freud, et a fait l'expérience de la cure, les naïvetés préanalytiques du récit à la première personne lui sont en principe interdites, et il ne se privera pas de s'en moquer (p. 25), mais ce n'est pas pour adhérer aux ruses du récit postanalytique, dont il se défie tout autant (p. 63). Entre ces deux écueils, quelle forme inventer ? C'est là que l'originalité de Perec apparaît le mieux, surtout si on compare *W* aux autobiographies légèrement postérieures de Nathalie Sarraute ou d'Alain Robbe-Grillet.

La structure binaire de *W*, l'alternance entre un récit fictif et un récit personnel, trouvera peut-être un équivalent dans la forme d'*Enfance*, qui fait dialoguer l'auteur et son double critique. Perec a pratiqué une forme analogue d'énonciation dédoublée dans *Les lieux d'une fugue*, où, à la fin d'un récit entièrement à la troisième personne, surgit un Je :

« [...] dans lequel il avait bu de l'eau

(dans lequel j'avais bu de l'eau).

Et il demeura tremblant, un long moment, devant la page blanche

(et je demeurai tremblant, un long moment, devant la page blanche)[1]. »

Dans le même sens, Robbe-Grillet a cherché une alternance, dans le cycle *Les romanesques*[2], entre l'histoire d'Henri de Corinthe, personnage fictif, la sienne propre, et celle de « Jean Robin », alter ego

1. « Les lieux d'une fugue », in *JSN*, p. 31.

2. Trilogie qui comporte *Le miroir qui revient* (Éditions de Minuit, 1985), *Angélique ou l'enchantement* (Éditions de Minuit, 1988) et *Les derniers jours de Corinthe* (Éditions de Minuit, 1994).

de l'auteur qui s'en distingue néanmoins : « Un autre effet de personnage qui s'appelle moi, Jean Robin[1]. » Mais, et plus encore dans le dernier volume de la trilogie, *Les derniers jours de Corinthe* (1994), l'alternance apparaît artificielle, fabriquée : on peut la suivre avec plaisir, s'amuser au tressage de la strate légendaire et de la strate autobiographique d'*Angélique ou l'enchantement*, sourire des pièges tendus à un psychanalyste supposé naïf, mais on n'y trouvera pas l'intense émotion qui se dégage du texte de Perec.

D'autre part, Perec insère dans les chapitres autobiographiques des notes critiques, procédé inhabituel dans une fiction : il reprend, corrige, efface, expanse, etc., le texte premier, y introduit des doutes, des repentirs[2]. Certes, avant lui, des auteurs de journaux intimes ou d'autobiographies ont mis en question la fiabilité de leur mémoire, se sont interrogés sur la fidélité de leur écriture aux objets qu'ils voulaient représenter, à commencer par Rousseau[3]. Mais Perec est peut-être l'un des rares à avoir placé au cœur même de son écrit la faille de la remémoration : c'est en cela qu'il quitte pour de bon les « lieux communs » de l'enfance.

V. « L'ÉQUARRISSEUR DE SOUVENIRS[4] »

« Reader's Digest : " Conservez pieusement vos souvenirs, ils vous feront un bon oreiller pour votre vieillesse. " Il n'y a pas de phrase plus bête — je me la

1. Alain Robbe-Grillet, *Angélique ou l'enchantement*, *op. cit.*, p. 69.

2. Voir le chapitre « L'intersection ».

3. Philippe Lejeune, « L'ère du soupçon », in *Le récit d'enfance en question*, *op. cit.*, p. 41-65.

4. Ce terme se trouve dans « Kleber Chrome », in *JSN*, p. 48. Contrairement à l'indication

bibliographique, qui en fait un projet de roman inédit, Kleber Chrome est le personnage d'un roman d'Alain Guérin, *Un bon départ* (Christian Bourgois, 1967), que Perec a recensé pour *La Quinzaine littéraire* du 15-31 mars 1967, n° 24.

1. *GP/JL*, 7 mars 1958, p. 124.

suis remémorée, parce que tout devenait bête : un cauchemar, une nausée, un refus[1]. »

C'est dans ces termes que Perec, à vingt-deux ans, récuse avec énergie l'idée même de conservation des souvenirs. Une quinzaine d'années plus tard, il affirme avec la même énergie : « Je n'ai pas de souvenirs d'enfance » (p. 17). Phrase paradoxale, contredite par la présence, dans le texte, de souvenirs d'abord rares, puis plus nombreux, souvent précis, même si cette précision est souvent ruinée par un excès apparent de scrupule. L'autobiographie se résume en six lignes, sèches comme un constat :

« Jusqu'à ma douzième année à peu près, mon histoire tient en quelques lignes : j'ai perdu mon père à quatre ans, ma mère à six ; j'ai passé la guerre dans diverses pensions de Villard-de-Lans. En 1945, la sœur de mon père et son mari m'adoptèrent » (p. 17).

Et le souvenir de l'île W est tout aussi maigre : « Tout ce que j'en savais tient en moins de deux lignes » (p. 18).

Le titre même du livre est énigmatique : LE souvenir d'enfance, comme s'il n'y en avait qu'un. Et de fait, il n'y en a qu'un, comme on l'a vu dans cet aveu de Perec :

« Tout ce travail autobiographique [de *W*] s'est organisé autour d'un souvenir unique qui, pour moi, était profondément occulté, profondément enfoui et d'une certaine manière nié[2]. »

2. « Le travail de la mémoire », in *JSN*, p. 82.

Un, ou aucun ? Le lecteur ne peut qu'être frappé de ce début déconcertant d'un livre dont l'intitulé promet tout autre chose. L'explication suggérée par Perec lui-même est apparemment simple : la perte des parents « dispense » l'enfant d'avoir à répondre là-dessus : « Une autre histoire, la Grande, l'Histoire avec sa grande hache, avait déjà répondu à ma place : la guerre, les camps » (p. 17). Mais cette explication est donnée au passé, comme une conduite de protection, d'esquive, qui serait dépassée au moment de l'écriture.

« L'écriture me protège. J'avance sous le rempart de mes mots, de mes phrases, de mes paragraphes habilement enchaînés, de mes chapitres astucieusement programmés. Je ne manque pas d'ingéniosité.

Ai-je encore besoin d'être protégé ? Et si le bouclier devient un carcan ?

Il faudra bien, un jour, que je commence à me servir des mots pour démasquer le réel, pour démasquer ma réalité[1]. »

L'enfant évoqué ici par l'adulte avait néanmoins un *savoir* conscient de cette perte (« père décédé », p. 59), mais il s'en faut de beaucoup que ce savoir soit véritablement *su*, que l'enfant, puis le jeune adulte, puisse l'intégrer pour pouvoir continuer à vivre. La mort du père pourra être enfin reconnue lorsqu'à vingt ans, Perec ira chercher sur sa tombe « quelque chose comme une sérénité secrète liée à l'ancrage dans l'espace, à l'encrage sur la croix, de cette mort qui cessait enfin d'être abstraite » (p. 59). Pour la mère, privée de tombe, les choses seront plus difficiles[2]. Une mort doit être « vécue », pour que l'être endeuillé parvienne à « y mettre un terme » : l'absence inexplicable de la mère, puis le silence qui a entouré sa disparition, silence

1. « Les gnocchis de l'automne », in *JSN*, p. 73.

2. Voir le chapitre « La belle absente ».

qui se voulait certainement protecteur de la part de l'entourage, a livré l'enfant aux fantasmes dont *W* ne nous donne qu'un reflet finalement rassurant — puisqu'il en est la traversée.

D'autre part, ces souvenirs sont très inégalement partagés entre le côté paternel et le côté maternel : « J'ai sur mon père beaucoup plus de renseignements que sur ma mère » (p. 46). Et « pourquoi parlé-je d'abord de mon père et non de ma mère[1] ? ». Perec en esquisse une explication : recueilli et élevé par la sœur de son père, le petit Georges a beaucoup entendu parler de celui-ci (« ma tante qui l'aimait beaucoup, qui l'éleva presque seule... », p. 47), mais beaucoup moins de sa mère, que la belle-sœur n'appréciait peut-être pas, qui en tout cas ne pouvait lui être aussi proche et aussi chère que son frère : « Ma mère, dont j'appris, les rares fois où j'entendis parler d'elle... » (p. 49). Peut-être aussi reprochait-on à Cyrla de ne pas avoir poussé son mari à s'élever dans la société (« il préféra renoncer à faire son chemin dans la vie et devint ouvrier spécialisé », p. 47, alors que son beau-frère est diamantaire). C'est l'occasion de constater qu'à très peu d'exceptions près, tous les souvenirs de la première partie sont des souvenirs de seconde main, rapportés par divers intermédiaires ou étayés par des photographies, et que les quelques souvenirs relatés à la première personne sont discrédités, qualifiés de fantasmes. Le relevé en est vite fait : trois souvenirs d'école, qui sont quatre comme les mousquetaires puisque la rédaction des trois premiers en fait émerger un quatrième

1. Georges Perec, *Le petit carnet noir*, *CGP*, n° 2, p. 163.

(p. 78-80), deux « premiers souvenirs » d'ordre fantasmatique (la lettre hébraïque, la pièce d'or, p. 26-28) et les souvenirs de seconde main, c'est-à-dire tous les autres. La transmission par le père et la mère ne s'est pas opérée : l'enfant, puis l'adulte, est dépendant d'autres « informateurs » moins motivés, qui « ont beaucoup oublié » (p. 99), et doit se rabattre sur la contemplation des photos ou la lecture des journaux de l'époque.

« À t'entendre et à te lire on a la sensation que, chez toi, l'enfant Perec n'est pas plus important que l'adolescent ou l'adulte, que c'est là un passage de ta vie dont tu ne veux pas souligner la prépondérance sur tout le reste. [...]

Je ne sais pas comment répondre à cette question. C'est bien la première fois qu'on me la pose... En fait, ce que je cherche à atteindre dans mon travail, c'est la manière dont cette enfance m'est redonnée. Tout le travail d'écriture se fait toujours par rapport à une chose qui n'est plus, qui peut se figer un instant dans l'écriture, comme une trace, mais qui a disparu[1]. »

---

1. « Le travail de la mémoire », in *JSN*, p. 91.

1. COMMENT « RUINER LE SOUVENIR »

Les premiers mots de la fiction sont « J'ai longtemps hésité... » et les deux premières pages fourmillent d'un lexique de l'indécision, de l'incertitude :

indécis, j'oubliai les incertaines péripéties, je croyais entendre, incompréhension, il me semblait parfois que j'avais rêvé, un homme que j'ai cru reconnaître...

Quant aux chapitres autobiographiques, ils se caractérisent par un emploi inattendu du conditionnel : « le premier souvenir *aurait* pour cadre [...] le signe *aurait eu* la forme [...] son nom *aurait été* [...] » (p. 26-27) : étant donné l'affirmation de départ, « Je n'ai pas de souvenirs d'enfance », tout souvenir ne pourra être raconté que sur le mode de l'incertain. Verbes (il me semble, je crois, j'avais pensé, supposer, estimer...), adverbes (peut-être, à la rigueur, vraisemblablement...), adjectifs (improbable, invraisemblable, altéré, fabulé, illusoire...), substantifs (déchiffrement, fantasme, impression...), tout concourt à créer chez le lecteur doute et inquiétude. Pour évoquer le socle de sa vie, « ce qui fut aussi pour que je sois encore » (p. 26), Perec ne convoque que destruction et effritement, qui rongent les souvenirs pourtant lumineux du début.

2. DES SOUVENIRS «DÉNATURÉS». LA LETTRE HÉBRAÏQUE (P. 26-28)

Le premier souvenir, dans son noyau narratif, est un très classique récit de vocation : l'enfant précoce reconnaît une lettre hébraïque et son entourage est ébahi d'admiration. La lettre qu'il a su désigner le désigne en retour « comme juif, et parce que juif victime[1] », mais aussi comme futur maître des lettres, futur écrivain. Double signification dont on peut se demander si elle ne sera pas annulée par le dispositif de destruction que Perec met en place autour de ce souvenir.

1. Georges Perec, *Récits d'Ellis Island*, Éditions du Sorbier 1980, p. 43.

En effet, ce récit de vocation va être corrodé de tous côtés :

— Le souvenir est enchâssé entre une introduction qui le dit déjà maintes fois raconté, donc objet de variantes, donc douteux, et deux notes qui le contestent.

— Il est relaté au conditionnel, et à l'aide de multiples modalisateurs du doute.

— Il comporte des contradictions, soit internes au texte lui-même (« J'ai trois ans. [...] l'enfant qui vient de naître »), soit entre le texte et les notes (portant sur l'inexactitude de la lettre hébraïque, sur le fait que les journaux n'étaient pas yiddish mais français, sur la substitution de la seule tante Fanny au cercle de famille, et du bord de la Seine à l'arrière-boutique de la grand-mère, sur le tableau d'un épisode de la vie de Jésus).

Que la lettre soit fausse, Perec lui-même l'a signalé[1]. Mais ce démontage apparemment si lucide de ce premier souvenir est lui-même victime d'une illusion d'optique. En effet, dans la première version de ce souvenir, écrite en 1969, Perec parle bien d'une lettre hébraïque, mais « dont la forme serait soit proche du delta grec, soit analogue à deux croches[2] ». Un an plus tard, il rédige à nouveau le même souvenir, avec cette fois un graphisme qui ressemble à la lettre de *W*, en précisant qu'il n'a « jamais vérifié qu'une telle lettre existait, ou un tel dessin[3] ».

Cette erreur sur la lettre est bien sûr signe de l'ignorance de Perec vis-à-vis de l'alphabet hébreu, et de la langue maternelle, le yiddish. Mais il y a plus. Cette lettre qui

1. Erreur commentée notamment par Marcel Bénabou, « Perec et la judéité », *CGP*, n° 1, p. 19, et Warren Motte, « Embellir les lettres », *ibid.*, p. 111. Tous deux font également remarquer que l'inscription hébraïque dans la chambre de Cinoc (*VME*) est fautive (*ibid.*, p. 19 et 121).

2. Voir Dossier, Avant-textes, p. 164.

3. *Ibid.* Rappelons que, lors d'une visite rue Vilin en février 1969, Perec repère « un magasin fermé " La Maison du Taleth " », avec, encore visibles, des signes hébraïques » (*L'infraordinaire, op. cit.*, p. 19).

n'existe pas rappelle irrésistiblement la lettre disparue de *La disparition* :

« Certaines langues écrites (et notamment l'hébreu) peuvent se passer de voyelles ; la suppression du *E* en français, en revanche, entraîne la mutilation de la langue. [...] La disparition du *E* figure la mort des parents de Perec et, tout comme il réussit à survivre après cette perte essentielle, il réussit à écrire avec [...] un alphabet mutilé comme sa vie[1]. »

Mais elle rappelle aussi le titre du livre, l'énigmatique W, dont le sens ne s'épuise pas par le simple rappel du nom de l'île fictive. Nous verrons plus loin quelles transformations Perec fait subir à la même lettre, qui « devient, par son maniement exceptionnel, le moyen d'exprimer (outil formel plus que symbole) le vide, l'absence, la mort qui sont au centre de son entreprise littéraire[2] ».

D'autre part, le fait que le dessin affecte « la forme d'un carré ouvert à son angle inférieur gauche » (p. 26) a été analysé par Bernard Magné comme une structure récurrente dans *W*, les poèmes de Perec et *La vie mode d'emploi* :

« Si cette " diagonale senestro-descendante " est inséparable de l'écriture et si cette écriture est à son tour liée à une judéité qui fut mortelle pour les parents, alors cette diagonale peut elle-même être considérée comme la trace de l'écriture hébraïque qui précisément se dispose dans l'espace de la page de haut en bas et de droite à gauche[3]. »

1. Warren Motte, « Embellir les lettres », *art. cit.*, p. 119.

2. Harry Mathews, « Le catalogue d'une vie », in *Le Magazine littéraire*, n° 193, mars 1983, p. 14.

3. Bernard Magné, « Pour une lecture réticulée », *CGP*, n° 4, p. 167-168, et *Perecollages 1981-1988*, Presses universitaires de Toulouse-Le Mirail, 1989, p. 47-50.

3. LE SOUVENIR DE LA CLÉ

Le second souvenir est apparemment plus simple, et ne s'accompagne pas de notes. S'il est ruiné, c'est de l'intérieur : analogue à un rêve, « encore plus évidemment fabulé que le premier », « illusoire », sa présentation ne prétend pas le doter d'une quelconque crédibilité. Quant au noyau narratif lui-même (« mon père rentre de son travail ; il me donne une clé »), il est déstabilisé par ses variantes quant à l'objet donné (clé/clé d'or, clé d'or/pièce d'or) et quant à l'attitude du destinataire (« je suis sur le pot [...] j'avale la pièce [...] on la retrouve le lendemain dans mes selles »). Mais par rapport au précédent, il est dégraissé de toute qualité émotionnelle : dans le premier souvenir, la famille offrait « protection chaleureuse, amour », « s'extasiait », le souvenir baigne dans une « douceur », une « lumière » qui font songer à un Rembrandt. Dans le second souvenir, rien de tel : les actions décrites le sont avec une rapidité qui confine à la sécheresse : « Ni fioritures, ni précisions. [...] On sourit des cascades de transformations, des déplacements, des combinaisons progressives. On est moins devant une analyse structurale lévi-straussienne d'un mythe à travers ses variantes, que devant une sorte de burlesque freudien, saccadé, un Charlot du stade anal[1]. » On peut être tenté d'interpréter cette clé ou pièce d'or avalée par l'enfant et « restituée » quelques heures après dans ses selles, don du père inassimilable... mais toute interprétation risquerait ici l'arbitraire. Ce qui est

1. Philippe Lejeune, *La mémoire et l'oblique, op. cit.*, p. 210-211.

plus sûr, c'est que Perec avait déjà raconté ce souvenir, notamment à son analyste[1] : « J'avais tout un arsenal d'histoires, de problèmes, de questions, d'associations, de phantasmes, de jeux de mots, de souvenirs, d'hypothèses, d'explications, de théories, de repères, de repaires. [...] Tout voulait dire quelque chose, tout s'enchaînait, tout était clair, tout se laissait décortiquer à loisir, grande valse des signifiants déroulant leurs angoisses aimables[2]. »

2. « Les lieux d'une ruse », in *P/C*, p. 67.

Le souvenir, trop bien « décortiqué », trop raconté, doit tout de même figurer à cette place du récit, puisqu'il existe, mais, démonétisé par l'usage, il sera expédié du bout des doigts et le plus vite possible, avec une distance implicitement ironique.

4. UN TEXTE QUI SE COMMENTE LUI-MÊME[3]

3. *Cf.* Philippe Lejeune, *La mémoire et l'oblique, op. cit.*, p. 68-69 et *passim*.

Un texte qui se commente lui-même, par des notes marginales ou infrapaginales, c'est déjà inhabituel en régime fictionnel : ce qui l'est plus encore, c'est l'usage que Perec en fait. Ces notes, dans *W*, sont la trace probable de la troisième série disparue, ce projet d'« intertexte » qui aurait commenté les deux autres[4].

4. Voir Dossier, Avant-textes, p. 171.

Une note sert, en principe, à préciser une référence, ou à donner une information complémentaire, moins essentielle toutefois que ce qui est dans le texte proprement dit. Or, le système de notes dans *W* sert au contraire à infirmer ou à faire vaciller ce qui a été dit — ou plus ou moins timidement avancé — dans le texte.

Il y a trois ensembles de notes :

— dans le chapitre IV (p. 27), que nous venons d'examiner,

— dans le chapitre VIII (p. 53-64) : c'est l'ensemble de notes le plus important, et qui affecte un texte antérieur, enchâssé dans le texte que nous lisons, mais séparé de lui par une typographie qui l'isole (en caractères gras),

— dans le chapitre X (p. 80 et p. 81), deux notes portant le chiffre 1, affectées à deux paragraphes distincts, ne se suivant pas.

Ces trois ensembles concernent tous trois des chapitres autobiographiques. Les chapitres fictionnels n'en comportent pas.

Un rapide survol des premières notes du chapitre VIII permet d'en voir les fonctions. Ces notes commentent deux textes datant « de plus de quinze ans » avant la rédaction de *W*, soit d'environ 1960, ou, si l'on prend en compte la date de rédaction du feuilleton (1969-1970), d'environ 1955 : ils rassemblent des images, commentaires de photographies, propos rapportés par la tante, ou fantasmes, l'un sur le père, l'autre sur la mère. Quant aux notes, elles pointent les souvenirs erronés, les croyances fausses, les loupés de l'écriture :

Note 8, p. 55 : « Je suis *le seul à avoir cru*, pendant de très nombreuses années... »

Note 11, p. 57 : « *Ou plutôt,* très exactement le jour même, le 16 juin 1940, à l'aube. »

Note 13, p. 59 : « *J'ai fait trois fautes d'orthographe* dans la seule transcription de ce nom. »

Mais elles mettent aussi en évidence les truquages nés de l'écriture antérieure :

Note 1, p. 53 : « Non, précisément, la capote de mon père [...]. On ne peut donc pas dire que l'on " devine " les bandes molletières [...] »

Note 2, p. 53 : « Dimanche, permission, bois de Vincennes : rien ne permet de l'affirmer [...] je dirais plutôt [...] »

Dans ces deux exemples, Perec critique la description « romancée » qu'il a faite dans le texte en caractères gras, et dans le premier cas lui substitue une description plus adéquate, dans le second cas ne lui substitue qu'une hypothèse qui relance le récit.

Les notes offrent également l'occasion de signaler les sources du récit :

Note 3, p. 54 : « [...] apprenant, avec, paraît-il, une grande facilité, le français. *[Il s'agit là probablement d'un discours rapporté de la tante Esther, très attachée comme on l'a vu à son frère cadet]* [...] »

Note 3, p. 54 : « [...] plusieurs papiers le désignent comme [...] »

Note 4, p. 55 : « C'est à cause de ce cadeau, je pense, que j'ai toujours cru que les cadres étaient des objets précieux. »

Note 8, p. 55 : « [Ma tante] pense que c'était peut-être un surnom [...] »

Note 14, p. 59 : « Je dois à ce prénom d'avoir pour ainsi dire toujours su que sainte Cécile est la patronne des musiciennes [...] »

Enfin, elles constituent une actualisation du texte, elles se nouent au présent de l'écriture :

Note 4, p. 55 : « Aujourd'hui encore, je m'arrête devant les marchands d'articles de photo pour les regarder [...] »

Note 8, p. 55 : « Pour ma part, je pense plutôt qu'entre 1940 et 1945 [...] »

Note 9, p. 57 : « Ce n'est évidemment pas à mon père que je m'intéresse ici ; c'est plutôt un règlement de comptes avec ma tante. »

En somme, les notes du chapitre VIII désignent une sorte d'art poétique à l'envers : leur critique des erreurs, des artifices rhétoriques, des suppositions gratuites qui encombrent les évocations du père et de la mère, amène Perec, par contraste, à élaborer des descriptions sèches et factuelles.

5. LES PSEUDO-SOUVENIRS

Cet intitulé peut surprendre, car les souvenirs évoqués jusqu'ici sont bien aussi de l'ordre du truquage ou de l'erreur. Mais ils émanaient, soit de rêves, soit de rêveries sur les photos, soit de paroles rapportées. Il s'agit à présent de souvenirs qui seraient plus propres à l'enfant Perec, et qui pourraient passer en un premier temps pour authentiques, même si l'écrivain ne tarde pas à les démentir.

Ainsi le bras cassé : il apparaît à plusieurs reprises, mais chaque fois, un témoignage extérieur vient le démentir : pour la tante Esther, ce n'était pas un bras cassé mais un bandage herniaire (p. 81), pour le camarade d'école, le bras cassé était celui d'un autre (p. 113). D'autres pseudo-souvenirs comportent une date faussée : ainsi le souvenir daté de mai 1945 où le Je enfantin proclame la capitulation du Japon (p. 205) est bien sûr inexact, la date d'Hiroshima étant plus tardive (août 1945). Si la confusion de dates est possible pour un enfant, elle l'est moins pour l'adulte cultivé, et doué d'une « mémoire démentielle », qu'est Perec, d'autant qu'il connaît bien le film *Hiroshima mon amour* auquel il a consacré un article[1]. L'erreur, si elle est délibérée, indique pour le lecteur ce qui s'est passé en mai 1945 : la chute de Berlin, et peut-être l'espoir pour l'enfant de revoir enfin sa mère déportée en Allemagne. Erreur « dont le seul but au fond est d'être repérée », comme la déformation de l'insigne de Charlie Chaplin dans *Le dictateur*, non pas deux X entrecroisés comme Perec l'affirme (p. 110), mais deux X superposés, et bien d'autres[2]. Même lorsque Perec affirme avec certitude, même lorsqu'il ne sape pas volontairement le récit du souvenir, comme nous en avons vu maint exemple, il introduit dans le souvenir un biais, une faute, imperceptible à première lecture, mais repérable à la réflexion : autre manière de suggérer au lecteur la fragilité de sa mémoire, et sa cause, une enfance ravagée par l'obligation vitale d'oublier qui il était.

1. Voir Dossier, p. 172.

2. *Cf.* David Bellos, *op. cit.*, p. 566-568.

3. « Les lieux d'une ruse », *P/C*, p. 69.

6. « CETTE PANIQUE DE PERDRE MES TRACES[3]... »

Pendant les quatre années de son analyse avec Pontalis, qui coïncident avec la genèse de *W*, Perec, tout en déstructurant ses souvenirs comme nous l'avons vu, se met à « stocker » désespérément les faits les plus minimes de sa vie :

« En même temps s'instaura comme une faillite de ma mémoire : je me mis à avoir peur d'oublier, comme si, à moins de tout noter, je n'allais rien pouvoir retenir de la vie qui s'enfuyait. [...] Cette panique de perdre mes traces s'accompagna d'une fureur de conserver et de classer. Je gardais tout [...][1]. »
« J'avais une véritable phobie d'oublier[2]. » C'est en 1974, l'année où il achève *W*, qu'il écrit la *Tentative d'inventaire des aliments liquides et solides que j'ai ingurgités au cours de l'année mil neuf cent soixante-quatorze*[3]... C'est à ce type de programme obsessionnel que se rattache aussi l'entreprise de *Lieux* :

« Je ne veux pas oublier. Peut-être est-ce le noyau de tout ce livre : garder intact, répéter chaque année les mêmes souvenirs, évoquer les mêmes visages, les mêmes minuscules événements, rassembler tout dans une mémoire souveraine, démentielle[4]. »

Mais Perec était dès lors conscient de ce que cette hypermnésie maniaque n'avait rien à voir avec la véritable mémoire :

« Du mouvement même qui me permit de sortir de ces gymnastiques ressassantes et harassantes, et me donna accès à mon histoire et à ma voix, je dirai seulement qu'il fut infiniment lent[5]. »

Cette lenteur même, le lecteur en trouve l'équivalent dans tous les obstacles que Perec oppose à une lecture linéaire : non seulement la composition dialoguée du livre, mais aussi toutes ces failles qui, en notes ou autrement, accrochent le texte, menacent à tout moment de le démailler, et exigent du lecteur un perpétuel travail de « reprise ».

1. *Ibid.*, p. 69-70.

2. « Le travail de la mémoire », *JSN*, p. 87.

3. Paru dans *Action poétique*, n° 65, mars 1976, repris dans *L'infra-ordinaire*, *op. cit.*, p. 97-106.

4. *Lieux*, 2 octobre 1970, publié par Philippe Lejeune, *La mémoire et l'oblique*, *op. cit.*, p. 159. « Une mémoire démentielle » est le titre de l'une des nouvelles de *La chambre des enfants*, de Louis-René des Forêts (Gallimard, 1960).

5. « Les lieux d'une ruse », *op. cit.*, p. 71.

1. L'expression est
soit de Perec, soit
de Pontalis : « J.B.P.
me rend mon "tas
de reliques" et
me demande si je
veux une troisième
séance » (agenda du
16 janvier 1975). *Cf.*
Claude Burgelin,
*Les parties de dominos
chez monsieur Le-
fèvre, op. cit.*, p. 112-
117.

7. LES « RELIQUES[1] »

Entre le recueil maniaque de toute trace, et la
volonté non moins maniaque de mettre en
question tout ce que livre la mémoire, Perec
dans *W* effectue un inventaire aussi précis
que possible de ce qui lui reste de sa mère.

C'est peu : quelques papiers officiels
(p. 36, p. 61-62), cinq photos (p. 45), un
seul « vrai » souvenir, celui de la gare de Lyon
(p. 45, p. 80-81), quelques « renseignements
quasi statistiques » (p. 49). La maigreur de
cet inventaire explique sans doute que
l'enfant, puis l'adolescent, ait développé
« des relations imaginaires assez extraordi-
naires [...] à certaine époque de ma brève
existence avec ma branche maternelle »
(p. 50), phrase assortie d'une note critique.
Elle explique aussi que les hypothèses sur
l'enfance de Cyrla proviennent des livres[2]
ou du cinéma (*Drôle de drame*). Il se peut
ainsi que la dernière phrase du texte en
caractères gras, « Elle mourut sans avoir
compris », soit une réminiscence d'une probable lecture d'enfance, les *Contes du lundi*
de Daudet.

2. Voir le chapitre
« Les livres : " Une
parenté enfin re-
trouvée " ».

Dans l'un de ces Contes, *Le Turco de la Commune*, le
héros, simple soldat des troupes coloniales, blessé lors
de la guerre de 1870, sort de l'hôpital en pleine Commune, et, persuadé de lutter contre les Prussiens, tire
vaillamment sur les Versaillais : pris sur une barricade
alors qu'il se rendait, ayant vu que ceux d'en face portaient l'uniforme français, il est fusillé sans autre
forme de procès, et, conclut Daudet, « il est mort sans
avoir rien compris ».

Aucun souvenir corporel, si ce n'est, peut-être, celui d'un accident : la bouillotte en terre qui, en s'ouvrant ou en se cassant, l'aurait ébouillanté (p. 61). La cicatrice est la preuve qu'une blessure a bien eu lieu, mais qui en est l'auteur ? La bouillotte était « préparée par ma mère », mais la suite de la phrase est au conditionnel, façon sans doute de préserver intacte la tendresse, de s'interdire d'imaginer une négligence, une défaillance de la mère. La tendresse est d'ailleurs « immortalisée » par la photographie, qui atteste le cran soigneux dans les cheveux de l'enfant : « [...] de tous les souvenirs qui me manquent, celui-là est peut-être celui que j'aimerais le plus fortement avoir : ma mère me coiffant, me faisant cette ondulation savante » (p. 74).

L'unique photo du père est décrite dans le chapitre VIII, dans le texte en caractères gras. Des cinq photos de la mère, trois seulement sont décrites, dans le chapitre X, et dans le texte présent. Elles offrent l'« image d'un bonheur que les ombres du photographe exaltent » (p. 73). Quoique la description se veuille « débarrassée de toutes présomptions[1] », cette intention se contredit par une remarque bizarrement assertive : la mère a un « sourire un peu niais qui ne lui est pas habituel » (p. 74) — mais qu'en sait-il ?

Si les premières occurrences du mot « mère » sont minimales (« J'ai perdu mon père à quatre ans, ma mère à six », p. 17 ; « Comme tout le monde, ou presque, j'ai eu un père et une mère », p. 25), sa

1. « Le travail de la mémoire », *JSN*, p. 90.

première apparition textuelle développée est un papier officiel :

« [...] une copie certifiée conforme de cette déclaration [de sa naissance] [...] qui constitue l'ultime témoignage que j'aie de l'existence de ma mère » (p. 36),

comme une des dernières : « Un décret ultérieur, du 17 novembre 1959, précisa que, " si elle avait été de nationalité française ", elle aurait eu droit à la mention " Mort pour la France " » (p. 62).

L'avant-dernière concerne l'écriture mélangeant « des majuscules et des minuscules : c'est peut-être celle de ma mère, et ce serait alors le seul exemple que j'aurais de son écriture » (p. 78).

La dernière mention est le souvenir de la gare de Lyon, dont nous allons reparler.

VI. LA BELLE ABSENTE

> *Espenbaum, dein Laub blickt weiß ins Dunkel.*
> *Meiner Mutter Haar ward nimmer weiß.*
>
> Tremble aux feuilles qui brillent blanches
> dans les ténèbres.
> Ma mère jamais n'eut les cheveux blancs.
>
> Paul Celan, *Mohn und Gedächtnis*
> *(Pavot et mémoire[1])*.

1. Paul Celan, *Pavot et mémoire*, Christian Bourgois, 1987, p. 30.

La Belle Absente est une contrainte oulipienne : dans le Beau Présent, on écrit un poème en l'honneur d'une personne en utilisant uniquement les lettres de son prénom et de son nom — Perec a composé plusieurs épithalames pour les mariages de ses amis selon cette contrainte. Dans la Belle Absente, le texte est écrit en utilisant uniquement les lettres qui ne figurent pas dans le nom. Les deux contraintes sont évidemment des formes lipogrammatiques.

Le lecteur sait peu de chose de Caecilia Winckler, la mère du vrai Gaspard : cantatrice célèbre, mère peut-être trop absente en raison des exigences de sa carrière, comme Vera de Beaumont dans *La vie mode d'emploi*, puis stérilement présente, inutilement anxieuse, organisant cette croisière qui n'est que pérégrination de plus en plus dépourvue de but, et qui se termine par un naufrage. Sa mort est longue et horrible :

« Elle ne mourut pas sur le coup, comme les autres [...] lorsque les sauveteurs chiliens la découvrirent, son cœur avait à peine cessé de battre et ses ongles en sang avaient profondément entaillé la porte de chêne » (p. 84).

Cette agonie d'un personnage de fiction, quatre ans après, vers la fin du livre, l'autobiographie en donne sinon la clé, du moins l'équivalent :

« Plus tard, je suis allé avec ma tante voir une exposition sur les camps de concentration. [...] Je me souviens des photos montrant les murs des fours lacérés par les ongles des gazés[1]... » (p. 215).

Ce prénom de Caecilia, lié à la musique, a été naturellement référé au prénom de la mère : « Cyrla Schulevitz, ma mère, dont j'appris, les rares fois où j'entendis parler d'elle, qu'on l'appelait plus communément Cécile... » (p. 49). « Je dois à ce prénom

1. « Ce qui est évidemment impossible puisque les fours crématoires servaient à l'incinération des cadavres [...] (mais) par son " erreur ", le texte de *W* inverse cette réalité et fait du four le lieu d'*exhibition* des traces : ce qui devait effacer donne à voir, ce qui devait détruire conserve » (Bernard Magné, « Le viol du bourdon », in *Le cabinet d'amateur*, n° 3, printemps 1994, p. 77 et 80).

d'avoir pour ainsi dire toujours su que sainte Cécile est la patronne des musiciennes... » (p. 59). Ajoutons que, par une sorte de hasard objectif, lorsque Perec revient rue Vilin pour sa deuxième visite dans le cadre de *Lieux*, il repère une boutique de coiffure dont le ou la propriétaire s'appelle A. *Soprani*[1]...

Si la mort de Caecilia Winckler était bien sa mort à elle, nous ne savons pas grand-chose de la vie ni de la mort de Cyrla Perec, née Szulewicz[2]. Au milieu du texte, apparaît un seul véritable souvenir où elle figure, qualifié auparavant de « seul souvenir qui me reste » (p. 45), celui du départ à la gare de Lyon où elle est venue accompagner le petit Georges. Avant, il n'y a que photographies et conjectures. Après, plus rien : un grand silence blanc. Que s'est-il passé ?

Ce « vrai » souvenir, d'abord, est-ce bien sûr ? Il fait l'objet d'un récit à première vue tout à fait assertif, cimenté par des passés simples sans hésitation ni doute : « Ma mère m'accompagna à la gare de Lyon. [...] Elle me confia à un convoi de la Croix-Rouge [...] Elle m'acheta un illustré [...] » (p. 80). Mais la suite du texte introduit des doutes, des variantes, des suspicions : « [...] ma tante est à peu près formelle : je n'avais pas le bras en écharpe... » (p. 80). « Peut-être, par contre [...] il me semble [...] j'ai même longtemps cru, chipant ce détail à je ne sais plus quel autre membre de ma famille adoptive [...] Selon Esther [...] Selon Ela [...] » (p. 81). Tous ces modalisateurs, qui ne font appel à l'étayage de témoins que pour voir ceux-ci se

1. « La rue Vilin », in *L'infra-ordinaire*, *op. cit.*, p. 24.

2. L'orthographe *Schulevitz*, que Perec emploie dans le texte de 1959 cité plus haut, est fautive, il le signale lui-même dans une note (p. 59). Cette faute sur le nom de la mère, « parce qu'à prononcer vos noms sont difficiles » (Aragon), emblématise le drame historique qui engendre *W*.

contredire, obscurcissent ce qui paraissait d'abord l'unique souvenir ayant échappé à la « brume insensée ».

En confrontant ce souvenir aux versions qui l'ont précédé[1], les doutes se multiplient. Tout d'abord, un autre témoin, Bianca, la fille d'Esther, était là, dont Perec a gommé la présence :

1. *Cf.* Philippe Lejeune, *La mémoire et l'oblique, op. cit.,* p. 79 *sq.*

« Georges Perec et sa mère n'étaient pas venus seuls à la gare de Lyon, Cécile était accompagnée de sa nièce Bianca. Selon cette dernière, Georges Perec se trompe en situant en 1942 ce départ, qu'elle situerait plutôt à l'automne 1941. Il partait officiellement par un convoi de la Croix-Rouge en tant qu'orphelin de guerre [...] et n'avait nullement le bras cassé. En revanche, tous les enfants du convoi portaient, *suspendue* à leur cou, une grande pancarte [...] sur laquelle étaient précisés leur nom et leur gare de destination. Bianca ne se souvient pas de l'achat d'un illustré. Cécile était vêtue de noir, en deuil, comme d'habitude. Georges ne pleurait pas, le départ s'est effectué sans émotion dramatique, du moins visible. La séparation était sans doute beaucoup plus pathétique pour Cécile, qui pouvait avoir le pressentiment que c'était la dernière fois qu'elle voyait son fils[2]. »

2. *Ibid.*, p. 83-84.

Dans une première version, écrite vers 1959 ou 1955 et reproduite dans *W* (c'est, dans le chapitre VIII, le texte en caractères gras), la mère agite un mouchoir blanc, « il me semble » (p. 52). L'enfant a ou non le bras dans le plâtre, a ou non un bandage herniaire, a ou non le droit d'être évacué comme pseudo-blessé ou comme fils de tué, etc. Parmi les détails évoqués, et dont plusieurs sont mis en doute, l'un semble plus stable, c'est celui de l'illustré, qui aurait été *Charlot parachutiste*. Philippe Lejeune, alerté par l'invraisemblance qui aurait fait vendre, à Paris, en 1942, un illustré représentant l'auteur du *Dictateur*, a démontré que Perec n'avait pu lire qu'après la Libération l'illustré en question. Pourquoi alors cette insistance sur ce qui n'est à l'évidence qu'un souvenir-écran ? C'est que,

« Tragique certainement pour la mère, le départ à la gare de Lyon n'est devenu tragique pour l'enfant que rétrospectivement, deux ou trois ans plus tard, quand il a accédé à l'idée que jamais plus il ne reverrait sa mère. C'est alors que le travail de reconstruction a commencé, pour élever un monument sur cet emplacement quasi vide[1]. »

Le vide est en effet ce qui caractérise, on l'a vu, la deuxième partie du récit autobiographique. Détail qui parachève le manque de mémoire, et qui a été peu remarqué, lorsque après la Libération l'enfant revient à Paris et est accueilli sur le quai de la gare par la tante et l'oncle qui vont l'adopter :

« En sortant de la gare, j'ai demandé comment s'appelait ce monument ; on m'a répondu que ce n'était pas un monument, mais seulement la gare de Lyon » (p. 214).

C'est pourtant un « monument », en ce sens que c'est le seul lieu de mémoire où il puisse situer avec quelque vraisemblance l'unique souvenir de la mère perdue. Mais comment comprendre que cette perte que le petit enfant a bien dû ressentir, et que l'écrivain nous donne à deviner par cette espèce d'anesthésie pathologique si forte-

1. *Ibid.*, p. 83.

ment décrite dans les chapitres XIII et suivants, s'engloutisse ainsi dans un mutisme total sur le nom de la mère ?

Contraint d'oublier ce qu'il était pour survivre, d'oublier qui étaient son père et sa mère, l'enfant a pu aussi leur en vouloir de l'avoir déserté par la mort[1]. Certes, dans les chapitres autobiographiques, rien ne dit, rien ne suggère, que l'enfant ait pu penser être abandonné : c'est dans la fiction que nous trouvons l'abandon de l'enfant, encore est-ce sous forme d'une hypothèse du faux Gaspard Winckler :

« Ils ont fait demi-tour pour partir à sa recherche, cela peut vouloir dire que l'enfant s'était enfui, je ne dis pas le contraire, mais cela peut vouloir dire aussi qu'ils l'avaient abandonné et qu'ensuite ils s'en étaient repentis.

— Est-ce que cela change quelque chose ?

— Je ne sais pas » (p. 86-87).

Disparition pire qu'un deuil : impréparée, inexpliquée, objet de « cajoleries dont les raisons réelles n'étaient données qu'à voix basse » (p. 114). L'enfant livré aux imaginations les plus sinistres prend sans doute la pire : il a été abandonné. Cette dislocation du temps et de l'espace, cette disparition de toute forme de lien, qui caractérise le chapitre XIII, et qui frôle la psychose, c'est la seule réponse qu'il élabore à cette inconcevable trahison de la mère. Les dessins disloqués de la treizième année seront un pas de plus, mais pas nécessairement vers la guérison (que serait la guérison[2] ?). Dès lors, avoir

1. Claude Burgelin, *op. cit., passim.*

2. *Cf.* Geneviève Mouillaud-Fraisse, « Cherchez Angus. W : une réécriture multiple », in *CGP*, n° 2, p. 86.

pu l'inscrire dans la fiction permet peut-être à l'écrivain de rapiécer la béance ouverte dans le petit enfant. C'est en tout cas la possibilité pour lui de finir le livre, et avec le livre la psychanalyse.

VII. « DÉSORMAIS, LES SOUVENIRS EXISTENT... »

1. L'ORDRE DU RÉCIT

Paradoxe apparent : le récit d'enfance commence en fait dans la seconde partie, après la page aux points de suspension. En effet, « désormais, les souvenirs existent », ou, pour le dire comme Queneau dans *Chêne et chien*,

« Le monde était changé, nous avions une histoire,

Je me souvenais d'un passé[1]. »

Dans la première partie les souvenirs, on l'a vu, étaient qualifiés d'« altérés », « dénaturés », « fabulés » : Perec décrit des photographies, rapporte des faits de seconde main, voire invente — et dit qu'il invente[2]. Aucun de ces souvenirs, à l'exception de trois d'entre eux (le masque à gaz, le dessin des oursons et la médaille arrachée, p. 78-79), ne comporte l'appui d'une sensation authentique, ou qui pourrait passer pour telle.

Faire commencer dans cette seconde partie le véritable récit d'enfance rejoint la chronologie du récit fictionnel : lorsque le faux Gaspard Winckler entreprend, au début du chapitre I, de raconter son voyage à W, le

1. Raymond Queneau, *Chêne et chien* (1952), *op. cit.*, p. 57. Voir Dossier, p. 179.

2. *JSN*, p. 82.

voyage a déjà eu lieu, et lorsque Perec, dans les chapitres II et IV, relate ses souvenirs ou leur absence, la perte de mémoire a déjà eu lieu. À partir du chapitre XIII, c'est l'enfant (ou un pseudo-enfant) qui régit la narration — tandis que dans les chapitres antérieurs, c'est l'adulte Perec qui, explicitement, part à la recherche de son enfance.

2. PERTE DES REPÈRES

Donc, les souvenirs existent. Mais le récit ne va pas pour autant prendre corps, que ce soit dans le registre attendri, comtesse de Ségur, ou dans le registre noir, Vallès ou Renard. Rien ne prend, « rien ne les rassemble ». Les souvenirs sont fragmentés comme « cette écriture non liée, faite de lettres isolées incapables de se souder entre elles pour former un mot » ou « ces dessins dissociés, disloqués » de Perec adolescent (p. 97). Ils font songer à ces dessins de l'enfant psychotique dont Bettelheim rapporte le cas dans *La forteresse vide*, « Joey, l'enfant-machine », enfant qui se désigne lui-même par le terme « Connect-I-cut » (connecter/je/coupe[1]). Le temps est privé de repères :

1. Bruno Bettelheim, *La forteresse vide*, traduit de l'anglais (États-Unis) par Roland Humery, Gallimard, coll. «Connaissance de l'inconscient », 1969.

« Il y a un temps qui se traîne, une chronologie hésitante, un présent qui s'entête, des heures qui n'en finissent jamais, des moments de vide et d'inconscience, des jours sans date, des heures d'abandon... " Il semblait que midi n'arriverait jamais, que la guerre ne finirait jamais... " " L'horreur y est obscurité, manque absolu de repères, solitude "... »

Ces lignes sont bien de Perec, mais ne figurent pas dans *W* : elles sont dans le commentaire que Perec a consacré à *L'espèce humaine* de Robert Antelme, dont les chapitres de fiction, on l'a vu, conservent maint écho[1]. Et pourtant, à douze ans d'intervalle, comment ne pas être frappé par la similitude des deux textes ?

«Ce qui caractérise cette époque, c'est avant tout son absence de repères : les souvenirs sont des morceaux de vie arrachés au vide. Nulle amarre. Rien ne les ancre, rien ne les fixe [...] Du temps passait. Il y avait des saisons. On faisait du ski ou les foins. Il n'y avait ni commencement ni fin. Il n'y avait plus de passé, et pendant très longtemps il n'y eut pas non plus d'avenir ; simplement ça durait » (p. 98). Lorsque Perec tente de se remémorer cette période, le flottement du temps contamine même les années qui ont suivi, puisque l'écriture fragmentée dure «jusqu'à l'âge de dix-sept ou dix-huit ans», que les dessins couvrent la période « entre, disons, ma onzième et ma quinzième année » (p. 97), alors qu'auparavant c'était « à treize ans » (p. 17).

L'absence de repères temporels se redouble d'un désancrage spatial :

«On était là. Ça se passait dans un lieu qui était loin, mais personne n'aurait très exactement pu dire loin d'où c'était [...] De temps en temps, on changeait de lieu, on allait dans une autre pension ou dans une autre famille » (p. 98).

L'imprécision des lieux a été comme préparée par un chapitre de la fiction, le XII, pre-

1. In *L.G.*, p. 96.

mier de la seconde partie, qui caractérise l'île W comme un lieu non répertorié : « [...] sur la plupart des cartes, W n'apparaissait pas ou n'était qu'une tache vague et sans nom dont les contours imprécis divisaient à peine la mer et la terre » (p. 94).

De même que, sur l'île W, les habitants, privés de filiation, n'ont d'autre nom que celui que leur confèrent leurs victoires, et qu'ils sont dépourvus de toute caractéristique individuelle, « les gens n'avaient pas de visage... ». Une tante ou une autre, une cousine, une grand-mère, apparaissent et disparaissent au gré du hasard ou de lois inconnues, inconnaissables, « peut-être y avait-il des époques à tantes et des époques sans tantes », comme l'alternance des saisons, du ski et des foins. De même que « l'Athlète W n'a guère de pouvoirs sur sa vie... » (p. 217), l'enfant est livré sans défense à un univers qu'il ne peut comprendre, sur lequel il ne peut avoir aucune action.

Plus tard, dans ce tourniquet mortifère des visages, l'enfant court vers une silhouette qu'on lui a dit être celle de sa tante, et se trouve en face d'une inconnue, il attendait sa tante Esther, c'est la tante Berthe, que nous allons bientôt rencontrer dans la généalogie méticuleuse établie à partir du nom du cousin Henri : qu'importe une tante plutôt qu'une autre, puisque la silhouette qui s'avance vers lui ne sera jamais celle de la disparue ? « Désormais il ne viendra à toi que des étrangères ; tu les chercheras et tu les repousseras sans cesse ; elles ne t'appartiendront pas, tu ne leur appartiendras pas [...] » (p. 141-142).

3. UNE PROFUSION DE REPÈRES ?

Après ce temps sans repères, brusquement, une profusion de repères, qui crée une impression presque comique pour le lecteur : « Henri, le fils de la sœur du mari de la sœur de mon père [...] » (p. 107), « [...] l'un de ses lointains cousins, nommé Robert (sa tante était la femme du cousin de son grand-père maternel » (p. 122)... Qui de nous ne s'est pas perdu, enfant, dans ces généalogies compliquées où nos grands-parents semblaient se mouvoir avec aisance et nous reprocher de ne pas nous y retrouver aussi bien ? Mais justement, pour l'enfant Perec, privé des repères qu'une enfance ordinaire juge fastidieux, cette profusion vient comme compenser la coupure des connexions essentielles, cette coupure matérialisée par l'écriture dissociée, les dessins de corps disloqués.

On retrouvera la même recherche de précision généalogique dans le projet de *L'arbre*, où Perec voulait retracer son lignage du côté paternel : en voici un exemple pris au hasard ou presque, car toutes les entrées y sont du même type :

« L'arrière-grand-père du mari de la sœur de mon père n'est autre que le grand-père de Jacques Bienenfeld. Le grand-père du mari de la sœur de la mère de Robert est l'arrière-grand-père du mari de la sœur de mon père[1]. »

---

1. Inédit, relevé par Régine Robin, *Le deuil de l'origine*, Presses universitaires de Vincennes, coll. « L'imaginaire du texte », 1993, p. 205.

Cette correspondance difficile à saisir entre les membres de la famille, avec ces précisions qui égarent au lieu de guider, n'est pas sans rappeler les combinatoires compliquées de l'univers W, qu'il s'agisse des attributions de noms, des trajets entre les villages ou des systèmes de défis.

4. « FRAGMENTS ARRACHÉS AU VIDE »

Même lorsque ces repères prolifèrent dans le texte, sa composition globale reste fragmentée : les chapitres sont comme des successions de flashes, sans continuité entre eux, sans temporalité interne ou externe. En cela encore, ils diffèrent des chapitres du feuilleton : dans ceux-ci, l'interruption est une loi du genre, destinée à piquer la curiosité et l'impatience du lecteur ; dans les chapitres autobiographiques, la fragmentation est telle que, même si l'on retrouve le même « Je » d'un chapitre à l'autre, on ne saisit pas le lien entre les divers épisodes. Le lecteur voit des tableautins séparés, étayés quelquefois par des photos : « Je sais qu'il y a un escalier extérieur, flanqué d'un muret supportant de grosses boules de pierre : c'est parce que trois de ces boules sont visibles sur une photo où [...] on peut reconnaître ma cousine Ela et mon cousin Paul » (p. 108-109). « Derrière la villa, il y avait un gros rocher, plutôt impraticable de face [...] mais assez aisément accessible par-derrière [...] La fierté que je dus ressentir au terme de ce modeste exploit explique sans doute qu'il ait été immortalisé [...][1] » (p. 110-111). Ici encore, on n'a pas tout à fait quitté le registre de l'hypothèse, de la conjecture : « je *dus* ressentir... ».

1. Cette photo figure dans le numéro spécial de *L'Arc* sur Perec, *op. cit.*, p. 78.

Les souvenirs sont également amarrés à des mots, apprentissage banal pour tout enfant, mais cet enfant deviendra un écrivain : le mot *igloo*, le mot *frimas* (dont, par un « tardif scrupule d'autobiographe », il va chercher le sens précis dans un dictionnaire, rejetant le sens « poétique » qui lui avait été donné jusqu'alors), la lettre X, les mots *clavicule*, *omoplate* (p. 108-114).

5. ANCRAGES

Cependant, cette impression de fragmentation, même si elle résiste à une seconde lecture, se nuance d'une impression contradictoire de cohérence, de liaison. En effet, les chapitres possèdent une charpente fortement assurée, tant interne qu'externe, qui les relie à la fois aux chapitres fictionnels qui leur sont contigus et aux autres chapitres autobiographiques.

Le chapitre XV par exemple, qui s'ouvre par cette combinaison de parenté un peu comique, avec cet excès de précision qui en ruine l'effet, a une structure en boucle : il se termine par l'évocation indirecte de « ce qui précisément avait été cassé et qu'il était sans doute vain d'espérer enfermer dans le simulacre d'un membre fantôme » (p. 113-114), soit le manque parental et ses substituts imaginaires.

Quant aux références externes, le même chapitre fourmille littéralement de sutures avec l'univers W : les plus flagrantes sont les variations sur le X, « signe du mot rayé nul », mais aussi lettre que l'auteur désarticule et fait pivoter pour en faire une croix gammée ou une étoile de David, « géométrie fantasmatique » où figure en bonne place le V dédoublé et qui répond au triangle cousu dans le dos des athlètes W. Mais il y en a bien d'autres. « Le modeste exploit » du petit Georges, « immortalisé » par la photo, et « l'extraordinaire prouesse » d'Ela, ont nombre d'équivalents dans W, à commencer par l'expression « immortalisant leur exploit » (p. 124) ; la fracture en patin (p. 112-113) et le rachitisme de l'enfant répondent aux nombreuses blessures des Athlètes W et au novice rachitique (p. 120). « Du monde extérieur, je ne savais rien, sinon qu'il y avait la guerre » (p. 122) rappelle l'ignorance où l'enfant de W est tenu de l'univers qui l'entoure (chapitre XXX). Enfin, le chapitre nous offre deux anecdotes apparemment anodines, mais qui renvoient, l'une aux dernières lignes du roman, l'autre aux toutes premières : la tante Berthe confectionne du savon (p. 112), qui fait écho aux « stocks de savon de mauvaise qualité », fabriqués on sait trop bien avec quoi, que découvre l'ultime témoin de l'univers W (p. 220) : l'enfant est *simple témoin* d'un accident (p. 113), comme le faux Gaspard s'affirmait *témoin, et non acteur* (p. 14).

Mais les sutures avec les autres chapitres autobiographiques ne sont pas moins nombreuses. Le X de l'ablation et ses permutations évoquent la médaille arrachée (« recouvrant » fantasmatiquement une étoile épinglée, p. 80) ; l'accident et la fracture, réels ou rêvés, sont, « *comme* pour le bras en écharpe de la gare de Lyon » (p. 113, p. 80-81), « des douleurs nommables [qui] venaient à point justifier des cajoleries dont les raisons réelles n'étaient données qu'à voix basse » (p. 114). Enfin, l'allusion au film de Charlie Chaplin, *Le dictateur* (p. 110), appelle forcément l'illustré de *Charlot parachutiste* que la mère lui a (lui aurait) acheté à la gare de Lyon avant la séparation.

6. « RACONTEZ UNE NUIT DE NOËL »

Le chapitre consacré à la nuit de Noël 1943 semble être un des rares souvenirs précis de « cette brume insensée où s'agitent des ombres ». Il comporte en effet un luxe de détails concrets (description du sapin, etc.), d'anecdotes (« on fit une blague au professeur de gymnastique... »), bref, il s'agit d'une bonne rédaction sur le modèle scolaire, comme le jeune Georges y excellait. Mais à y regarder de plus près, la précision même de ce souvenir est problématique.

Tout d'abord, le lexique même du texte est hétérogène. Des termes comme *réceptacle*, *mirifique*, *effectivement*, *immuables*, ne peuvent appartenir au vocabulaire de l'enfant de sept ans : ils constituent donc par rapport à l'ensemble du texte (et à sa thématique) un réseau critique, voire ironique. Ce tressage des deux voix, l'enfant et l'adulte, qui rappelle l'alternance entre récit autobiographique et récit fictionnel, est aussi au cœur même du récit autobiographique, où l'adulte intervient constamment pour ruiner ou mettre en doute la « parole » de l'enfant.

D'autre part, qui est ce « nous » qui dans le texte décore l'arbre ? des ombres sans noms et sans visages, d'autant plus que, peu après, le narrateur se trahit : « J'étais seul dans mon dortoir. » Que cette solitude soit vraisemblable ou pas, peu importe ici : l'important est cette faille du récit, cette contradiction qui l'assimile à un récit de rêve. Et de fait, malgré l'usage du passé simple (« Nous le décorâmes et nous cachâmes le bâti de bois... »), qui signifie en principe une action ponctuelle, on a plutôt le sentiment qu'il ne s'agit pas d'un Noël particulier, mais de tous les Noëls de la guerre, ou plutôt de l'idée que l'enfant s'est faite de ce que devait être Noël : une compression, une superposition de lectures (« C'est comme ça que ça se passait dans mes livres de classe »), de récits de camarades, de rêves. De plus, la forme désuète (« décorâmes »), qui n'appartient évidemment ni à la langue parlée ni à la langue enfantine, signifie, un peu comme le fameux *Quia nominor leo* traduit par Valéry, « Je suis un bon élève ». Mais on a beau être un bon élève, on n'est pas forcément récompensé.

Et le souvenir précis ouvre sur une déception. À plus d'un titre. D'abord, la précision même du souvenir « physique » (p. 156) peut fort bien n'être qu'un effet de surface. En général, on est tenté de croire que le caractère concret et vivace d'un souvenir est le garant de son authenticité. N'est-ce pas plutôt le contraire ? Les souvenirs les plus vifs sont peut-être des *Deckerinnerungen*, des souvenirs-écrans, comme dans le texte de Freud, le rêve de la prairie aux fleurs jaunes, que Perec connaît et utilise dans *La vie mode d'emploi*. Certes, le souvenir corporel (pieds nus, métal froid, chemises qui piquaient) semble important pour la mémorisation : on ne se souvient que parce que le corps se souvient. Mais ce n'est pas une preuve de véracité, d'autant plus que ces précisions concrètes peuvent fort bien être d'ordre esthétique.

Enfin, toute cette construction complexe doit culminer, et culmine, sur la découverte du cadeau. La tonalité du texte nous en a avertis d'avance, il ne peut aboutir qu'à une dissonance, et cela ne manque pas : « C'était un cadeau que m'envoyait ma tante Esther : deux chemises à carreaux, genre cow-boy. Elles piquaient. Je ne les aimais pas » (p. 156). L'enfant déçu ne s'interroge pas sur l'existence du Père Noël — contrairement à Leiris, dont l'enfance choyée articule l'énigme du Père Noël et la question : « D'où viennent les enfants ? »

« Lorsque j'appris que les enfants se formaient dans le ventre et que le mystère de Noël me fut révélé, il me sembla que j'accédais à une sorte de majorité [...] Dès que je sus ce qu'était la grossesse, le problème de l'accouchement se posa pour moi d'une manière analogue à celle dont s'était posé le problème de la venue des jouets dans la cheminée : comment peuvent passer les jouets ? comment peuvent sortir les enfants[1] ? »

1. Michel Leiris, *L'âge d'homme, op. cit.*, p. 36.

Peut-être la question de Perec serait-elle la même, mais modulée : d'où viennent les enfants, quand il n'y a ni père ni mère ?

Si donc ce modèle de rédaction, « Racontez une nuit de Noël », a pu d'abord paraître déconnecté par rapport à l'univers concentrationnaire de W, en fait, la solitude même de l'enfant (réelle ou fantasmée), la pauvreté utilitaire du cadeau, sa provenance (la tante *Esther*, ce nom qui la marque pour la destruction, même si elle y échappe), tout cela est directement lié à l'univers qui a tué la mère, même si l'enfant ne peut en être clairement conscient. Et le cadeau dérisoire (une *carotte*) offert au professeur de *gymnastique* renvoie de son côté à l'univers W : effet esthétique conscient de la part de l'écrivain, sans doute, mais qui pose aussi la question de la constitution du fantasme, que Perec fait commencer vers sa onzième année. De même que le faux Gaspard Winckler cherchait à retrouver ses « racines » (le vrai Gaspard Winckler, qui lui avait « donné son nom ») et ne trouve que le monde atroce de W, Perec adulte, à la recherche de son origine, ne trouve qu'une enfance dévastée, qui ne se raconte qu'avec des *riens*. Tout ce que peut dire Perec ici, c'est qu'il n'aimait pas les chemises parce qu'elles *piquaient* — alors que leur principal défaut est de ne pas avoir été offertes par la mère.

1. *Cf.* Jacques-Denis Bertharion, « Je me souviens : un cryptogramme autobiographique », in *Le cabinet d'amateur*, n° 2, automne 1993, p. 76-78.

7. JE ME SOUVIENS[1]

Ainsi, progressivement, à mesure que l'enfant grandit et que ses capacités de perception du monde et de mémorisation grandissent aussi, les souvenirs se développent, mais ils restent saccadés et incertains, « brumeux » (p. 164), ou reconstruits beaucoup plus tard, comme l'histoire de la grand-mère qui passe pour muette (p. 174). Les noms propres se multiplient, noms de lieux, noms de personnes, titres de films, noms d'acteurs ou de héros, etc., mais le récit, peut-être contaminé par la proximité de plus en plus tragique de la fiction, semble d'autant plus déchirant qu'il est dépourvu de tout élément dramatique. De ces souvenirs, certains seront repris plus tard dans *Je me souviens* (1978), comme si le processus de remémoration enclenché avec *W* devait se poursuivre au-delà : mais aussi, comme si les connexions que nous avons esquissées entre l'univers de la fiction et l'univers de l'autobiographie devaient se continuer pour former un réseau entre les différents livres de Perec.

« Je me souviens qu'à la fin de la guerre, mon cousin Henri et moi marquions l'avance des armées alliées avec des petits drapeaux portant le nom des généraux commandant des armées ou des corps d'armée. J'ai oublié le nom de presque tous ces généraux (Bradley, Patton, Joukov, etc.) mais je me souviens du nom du général de Larminat » (souvenir 37) (*cf. W*, p. 203-204).

« Je me souviens du jour où le Japon capitula » (souvenir 40) (*cf. W*, p. 205 : le texte de *W* est un peu plus détaillé, et reprend dans sa modalité le souvenir heureux des oursons, p. 79).

« Je me souviens qu'à Villard-de-Lans j'avais trouvé très drôle le fait qu'un réfugié qui se nommait Normand habite chez un paysan nommé Breton » (souvenir 69) (*cf. W*, p. 122).

De ces souvenirs ténus, presque insignifiants, Perec sait qu'ils ne pourront peut-être pas être compris, être partagés :

« Je connais des gens pour qui *Je me souviens* est une blague, un truc, quelque chose de fait comme cela[1]... »

Mais il répond lui-même à l'objection :

« Sauf que c'est un vécu qui ne sera jamais appréhendé [...] par la conscience, le sentiment, l'idée, l'élaboration idéologique ! Il n'y a jamais de psychologie. C'est un vécu à ras de terre, ce qu'on appelait à *Cause commune* le bruit de fond. [...] Le reste est non dit, en dehors, même s'il est réintroduit dans l'élaboration de la fiction[2]. »

Ce qui est dit ici de *Je me souviens*, cet ensemble de souvenirs « insignifiants » et collectifs qu'on a pu qualifier d'autobiographie d'une génération, s'applique également à *W* : c'est entre autres par le refus de « l'élaboration idéologique » et de la « psychologie », en restant « à ras de terre », et à partir de « morceaux d'autobiographie sans cesse déviés[3] », que Perec parvient à « mettre un terme » au souvenir d'enfance.

1. « Le travail de la mémoire », *JSN*, p. 88.

2. *Ibid.*, p. 89-90.

3. *Ibid.*, p. 90.

II CONSTRUCTION

VIII. GENÈSE

> « Heureux si je réussis, patient si j'échoue. »
>
> (Première lettre de Georges Perec
> à Maurice Nadeau[1].)

1. 12 juin 1957,
CGP, n° 4, p. 64.

1. LE PROJET

En 1969, Perec écrit à Maurice Nadeau une vaste lettre-programme où il trace ses projets pour les douze ans à venir. En troisième lieu, il annonce W :

« Le troisième livre est un roman d'aventures. Il est né d'un souvenir d'enfance ; ou, plus précisément, d'un phantasme que j'ai abondamment développé, vers douze-treize ans, au cours de ma première psychothérapie. Je l'avais complètement oublié ; il m'est revenu, un soir, à Venise, en septembre 1967, où j'étais passablement saoul ; mais l'idée d'en tirer un roman ne m'est venue que beaucoup plus tard. Le livre s'appelle :

$$W$$

W est une île, quelque part dans la Terre de Feu. Il y vit une race d'athlètes vêtus de survêtements blancs porteurs d'un grand W noir. C'est à peu près tout ce dont je me souvienne. Mais je sais que j'ai beaucoup raconté W (par la parole ou le dessin) et que je peux, aujourd'hui, racontant W, raconter mon enfance.

1. Lettre à Maurice Nadeau, *JSN*, p. 61-62.

[...] Depuis six semaines, j'ai à peu près décidé de m'y mettre tout de suite[1]. »

2. LES MANUSCRITS

Philippe Lejeune, ayant longuement travaillé sur les manuscrits de Perec et en particulier sur les avant-textes de *W*, apporte de précieux renseignements sur l'évolution du projet et les différentes étapes. Résumons brièvement les résultats de son enquête[2].

2. *La mémoire et l'oblique, op. cit.*

Tout d'abord, la forme qui pour le lecteur d'aujourd'hui caractérise *W*, à savoir sa structure bipartite — en simplifiant — n'a pas été trouvée d'emblée. Après l'abandon du feuilleton, et une période difficile, en juin 1970, Perec pense avoir trouvé la solution :

« intégrer le feuilleton dans un ensemble plus vaste qui l'explique et qui en rende supportable l'horreur[3] ».

3. *Ibid.*, p. 89.

Il envisage alors non pas deux mais trois séries distinctes : le feuilleton, roman de *W*, les souvenirs d'enfance, et une troisième série, intitulée « Intertexte », qui consisterait en une sorte d'auto-commentaire, analysant son rapport à l'écriture des deux autres textes. La liste de titres qui en est conservée (« Psychothérapie », « Interprétations », « La coupure », « Difficultés à écrire », « Lettres à Nadeau », « L'écriture », etc.) indexe bien ce caractère critique.

Or, cette troisième série, on le sait, a disparu du texte définitif. On peut se demander pourquoi. Lejeune nous livre deux hypothèses, l'une d'ordre biographique, l'autre d'ordre esthétique. Dans la première, il suppose une corrélation entre le projet de 1970 et la reprise d'une cure analytique en 1971, d'une part, entre l'achèvement du livre en 1974 et l'abandon de l'analyse en 1975, d'autre part. La seconde hypothèse, sans contredire la première, est plus suggestive :

« La disparition rapide, dans le feuilleton, ou la présence ténue, dans le livre, de cette instance de médiation qu'est le personnage de l'explorateur contraint le lecteur à assumer lui-même la régie et l'interprétation du récit. [...] Représenter ce calvaire (de l'écriture) explicitement, c'eût été en affaiblir l'effet. Si Perec, comme il l'envisageait [...] avait écrit un chapitre " Difficulté d'écrire " pour expliquer comment il avait craqué après la rédaction du chapitre " Conception des enfants ", ce chapitre eût été moins atroce à lire[1]... »

1 *Ibid.*, p. 91.

D'autre part, les avant-textes et brouillons témoignent de diverses solutions narratives envisagées puis abandonnées par Perec. La modification la plus importante est de l'ordre de la continuité : au lieu de la brisure si frappante qui interrompt le texte en son milieu, les brouillons semblent indiquer que le récit devait se poursuivre avec une certaine logique :

— le vrai Gaspard Winckler, dont le livre ne nous dit pas s'il a ou non survécu au naufrage, apparaît dans les brouillons, sous la désignation de « l'enfant » : il est retrouvé, grièvement blessé mais vivant, « sur la plage du nord » de l'île, recueilli par « l'équipe de protection AA2 » (désignation qui fait penser à la science-fiction) et soigné par les chirurgiens de « l'hôpital central » (document n° 3). Plus tard, il meurt, mais « on apprend qu'il était le maître de l'Île¹ ».

1. Pour ce document et les suivants, voir Dossier, p. 168.

— le faux Gaspard Winckler est bien arrivé dans l'île, quoique son arrivée soit narrée au futur et de façon bien hypothétique :

« Il y arrivera, un jour, peu importe quel jour, peu importe comment. Peut-être prendra-t-il un cap-hornier, ou un langoustier, ou un hydravion. Peut-être se joindra-t-il à une troupe ambulante, ou à une caravane de marchands, à une équipe de prospecteurs, à une expédition polaire. Rien de tout cela n'a d'importance... » (document n° 9).

Par la suite, il quitte W (?), puis y revient et trouve tout abandonné, la narration se faisant à nouveau en première personne, comme dans la première partie :

« je reviens   plus personne
la machine abandonnée marmonne
le sable recouvre les stades
les maisons se fendent [...]
Je parvins à revenir en Fr
j'allais sonner chez
nulle trace... » (document n° 7).

Cette allusion à la « machine abandonnée » appelle un éclaircissement. Dans son premier projet sur *W*, décrit dans la lettre à Nadeau, Perec envisageait de faire de son roman une sorte de « somme » à la Jules Verne « de la science de son temps [...] fonder mes aventures et la description de la société W sur des données psychanalytiques (on s'en serait douté), ethnologiques, *informatiques,* linguistiques, etc. Mais, un premier enthousiasme passé, je me suis à moi-même conseillé la prudence...² ». D'après les brouillons, il devait y avoir sur W une machine, appelée parfois « le compteur 1 »,

2. Lettre à Maurice Nadeau, in *JSN*, p. 63.

sans doute un lapsus : Perec fait suivre ces mots d'un point d'exclamation, puis note plus loin « dialogues avec le computeur » (document n° 6). Cette machine, qui « parle par aphorismes sportifs/qu'un prêtre (arbitre)/interprète » (document n° 4) n'a pas laissé de traces dans le texte définitif.

Dans ce brouillon, on reconnaît sans peine le chapitre I de *W*, le monde englouti :

« Les lianes avaient disjoint les scellements, la forêt avait mangé les maisons ; le sable envahit les stades [...] » (p. 14),

et la mission dont le mandataire a disparu :

« cette mission ne fut pas accomplie [...] celui qui me la confia a, lui aussi, disparu » (p. 13).

Ce travail sur les manuscrits est toutefois un chantier encore ouvert. En effet, David Bellos annonce l'acquisition d'« un fragment de composition française datée de mai 1948 avec, au verso, des dessins se rapportant sans doute à W [...] et — trouvaille inespérée — [le] manuscrit de la partie " souvenirs " de *W ou le souvenir d'enfance*[1] ». On peut donc attendre encore, sinon des révélations, du moins d'intéressantes informations sur la genèse du texte.

1. Dans le *Bulletin de l'Association Georges Perec*, n° 30, p. 2. La réédition du *CGP* n° 2 consacré à *W* (1997) apporte quelques précisions sur ces manuscrits, en attendant une publication plus complète.

3. LES VARIANTES

Les chapitres publiés dans *La Quinzaine littéraire* et les chapitres en italique du livre sont en principe identiques. Il faut néanmoins signaler qu'il existe entre les deux publica-

1. Odile Javaloyes-Espié, « Contre l'évidence apparente », *CGP*, n° 2, p. 57-71.

tions des différences à peine perceptibles, qu'a répertoriées minutieusement Odile Javaloyes-Espié[1]. Sans entrer dans le détail de sa recherche, qui intéresse surtout les spécialistes, donnons-en un échantillon assez significatif. Odile Javaloyes-Espié a repéré un écart apparemment anodin dans un passage du chapitre VII :

« Ils étaient six à bord : Caecilia, Gaspard, Hugh Barton, un ami de Caecilia qui était en quelque sorte le commandant de bord, deux matelots maltais qui faisaient aussi fonction de *steward* et de cuisinier, et un jeune précepteur, Angus Pilgrim, spécialisé dans l'éducation des sourds-muets. » (*W*, p. 42).

Dans la version parue en feuilleton, le mot *steward* était orthographié *stewart*. Simple rectification ? non :

« Georges Perec ne dissimule pas seulement une erreur lorsqu'il substitue un " d " à un " t " ; il convoque aussi avec beaucoup de subtilité un intertexte, car " stewart " est mentionné dans le dictionnaire Robert comme étant un hapax relevé dans *Vingt mille lieues sous les mers* de Jules Verne, au chapitre VIII [...]. " Un *stewart [en note : Domestique à bord d'un steamer]* entra. Il nous apportait des vêtements [...] Pendant ce temps, le *stewart — muet, sourd peut-être —* avait disposé la table et placé trois couverts[2]. " » Sous l'écran de la faute d'orthographe, on trouve donc et Jules Verne (*W*, p. 195), et un personnage « muet, sourd peut-être » qui renvoie à la fois au vrai Gaspard Winckler et à son précepteur, « spécialisé dans l'éducation des sourds-muets »,

2. *Ibid.*, p. 66.

mais aussi à la supercherie qui consista à faire passer la grand-mère de Perec pour muette :

« Comme elle ne parlait pratiquement pas le français, et que son accent étranger aurait pu la faire dangereusement remarquer, il fut convenu qu'elle passerait pour muette » (p. 174).

Autre exemple, les substitutions qui échangent majuscules contre minuscules (les deux occurrences sont les mots *Quarantaine* [p. 199] et *Race* [p. 209], mots particulièrement chargés dans le contexte) « pour superficielles qu'elles paraissent [...] s'assimilent à une reconstitution de l'écriture maternelle :

« " L'écriture mélange des majuscules et des minuscules : c'est peut-être celle de ma mère, et ce serait alors le seul exemple que j'aurais de son écriture[1] " » (p. 78).

À partir d'exemples du même ordre, Odile Javaloyes-Espié en vient à considérer « le texte des écarts [comme] un texte autobiographique[2] ». Hypothèse qui rebutera peut-être le lecteur naïf qui sommeille en chacun de nous... mais qui nous rappelle la vigilance à laquelle tout texte de Perec nous invite.

1. *Ibid.*, p. 68.

2. *Ibid.*, p. 67.

IX. L'INTERSECTION

> Là, la fiction d'Ismaïl nourrissait son hallucina-
> tion à lui ; là s'inaugurait l'inconsistant mais si
> subtil rapport, si troublant mais si dur à parcou-
> rir jusqu'au bout, qui l'unissait au roman [...] Il
> aurait voulu savoir où s'articulait l'association
> qui l'unissait au roman.
>
> *La disparition*[1].

1. *La disparition*,
Denoël, coll. « Les
Lettres Nouvelles,
1969 », p. 36-38.

La vigilance du lecteur est à la fois excitée et
piégée par la division du livre. Nous avons
tenté dans les premiers chapitres une lecture
clivée, pour nous apercevoir rapidement
qu'elle était impossible, tant chaque élément
du récit de fiction entre en résonance avec
d'autres du récit autobiographique. Mais il
est vrai que cette lecture, même si elle reste
sans doute une tentation, est sinon trom-
peuse, du moins fatalement incomplète. Le
prière d'insérer nous en avertit nettement :

« Il y a dans ce livre deux textes simplement alternés ; il pourrait presque sembler
qu'ils n'ont rien en commun, mais ils
sont pourtant inextricablement enchevêtrés,
comme si aucun des deux ne pouvait exister
seul, comme si de leur rencontre seule, de
cette lumière lointaine qu'ils jettent l'un sur
l'autre, pouvait se révéler ce qui n'est jamais
tout à fait dit dans l'un, jamais tout à fait dit
dans l'autre, mais seulement dans leur fragile intersection. »

1. COMBIEN DE TEXTES ?

Deux textes ? voire. En fait, à y regarder de plus près, on peut compter quatre niveaux de récits :

— le premier récit autobiographique, avant la coupure, où il n'y a « pas de souvenirs d'enfance »,
— le premier récit fictionnel, avant la coupure, relaté par le faux Gaspard Winckler,
— puis le second récit fictionnel[1], relaté par la voix off,
— et le second récit autobiographique, où « désormais, les souvenirs existent ».

Outre cette répartition, on peut dénombrer cinq modes d'énonciation différents, dans l'ordre de lecture suivant (à supposer que le lecteur commence par lire la notice de couverture) :

A. le discours d'escorte, représenté par la quatrième de couverture et les épigraphes,
B. le discours fictionnel (les deux parties du récit romanesque, en caractères italiques, soit B1 et B2) qui apparaît dès le chapitre I,
C. le discours autobiographique (les deux parties du récit autobiographique, en caractères romains, soit C1 et C2), qui apparaît à partir du chapitre II,
D. le commentaire, représenté par les notes de fin des chapitres IV, VI, VIII et X, tous chapitres autobiographiques,
E. le discours du portrait (portrait du père et de la mère), représentant un état du texte antérieur, abandonné, enchâssé dans le discours autobiographique du présent (dans le chapitre VIII, les deux textes en caractères gras).

1. Rappelons que les chapitres XI et XII, qui se suivent de part et d'autre de la page blanche, sont tous deux des chapitres relevant de la fiction.

Ces différentes strates du texte n'ont évidemment pas le même statut ni le même poids. Le texte C, quoique n'étant pas premier dans l'ordre de la composition, puisque B a été rédigé d'abord, ni dans l'ordre du texte puisqu'il n'apparaît qu'à partir du deuxième chapitre, constitue néanmoins la formation centrale, la fiction première (au double sens de *primaire* et d'*initiale*), reconstitution imaginaire de la narration à la première personne dans l'enseignement primaire, qui parle « d'elle-même » à la mémoire française. En ce sens, toute page de C est une éventuelle dictée pour l'école primaire. Avec des dérapages toutefois, mais structurels, non accidentels. Par exemple la page 99, si bouleversante,

« Moi, j'aurais aimé aider ma mère à débarrasser la table de la cuisine après le dîner [...] C'est comme ça que ça se passait dans mes livres de classe » (p. 99),

est bien un modèle lexical et syntaxique de français primaire, mais l'emploi du conditionnel décale brusquement le modèle, crée un effet d'*inquiétante étrangeté*, et aucun commentaire thématique n'est nécessaire pour faire comprendre l'efficacité de ce mode qui irréalise la banalité du tableau et la rend si désespérément désirable.

Mais quoique C soit la fiction centrale, il cède en quelque sorte le pas à D, qui, malgré le peu d'espace textuel qu'il occupe, tient ici la place du discours critique, et vient déstabiliser à la fois C, qu'il met en question, et E, qui, du point de vue de C comme de D, n'est pas réussi (« plutôt pire que le premier », p. 62).

Quant à B, nous l'avons vu, il se dédouble en B1 (histoire racontée à la première personne par le faux Gaspard Winckler, p. 13-87) et B2 (histoire de l'île W, sans énonciateur apparent, p. 93-fin). Ce dédoublement, s'il est frustrant pour le lecteur en qui la première partie a créé une certaine attente, est apparemment linéaire, simple abandon d'une intrigue pour une autre : mais en fait, B2 est moins rattaché à B1 qu'il ne l'est au récit autobiographique, avec lequel les « sutures » se multiplient.

2. COMBATTRE L'ÉCLATEMENT / RÉTABLIR LA CONTINUITÉ ?

Précisément, comment éviter que le livre n'explose, ne se dissocie en une multitude de fragments que rien ne raccorderait ? La thématique si flagrante de la rupture et de la perte ne risque-t-elle pas d'entraîner le livre lui-même vers l'éclatement ? Il ne s'agit pas seulement, ou pas d'abord, de ne pas perdre le lecteur : il s'agit d'abord, pour l'écrivain, de ne pas *se perdre*. Perec va s'y prendre de deux manières : en disposant, autour du texte, des indices de sa cohésion, et, dans le texte même, en établissant entre les différentes strates du récit des sutures qui pourront être thématiques ou formelles.

3. LE PARATEXTE

Le paratexte, selon la définition de Gérard Genette, comporte tous les éléments textuels qui ne font pas directement partie du texte proprement dit : titre, dédicace, préface, prière d'insérer, notes, etc. Ici, tous sont particulièrement chargés de significations :

1. *Le titre* : il est inhabituel, à la fois par la partition qu'il annonce (le « ou »), et par la juxtaposition d'une simple lettre, énigmatique, et d'un syntagme fort traditionnel (« le souvenir d'enfance »). Il joue de façon polysémique sur la liaison et la séparation, et préfigure la dualité des récits (« double » du *W*).

2. *La couverture* : nous avons signalé que l'édition originale comportait une photographie en noir et blanc du mur portant l'inscription « salon de coiffure », surchargé d'un grand W en jaune, « la lettre en jaune comme cette étoile que l'on peut constituer en la dédoublant[1] ».

3. *La dédicace* : le livre est dédié « Pour E », et les commentateurs se sont livrés à mainte hypothèse pour déchiffrer le sens de cette lettre. Qu'il s'agisse de l'initiale d'une personne, la tante Esther ou la cousine Ela, qu'il s'agisse du pronom personnel « Eux », les disparus, ou bien sûr de la lettre disparue de *La disparition* qui fait un retour offensif dans *Les revenentes*, tous ces sens se juxtaposent sans se contredire. Wolfgang Orlich[2] établit une corrélation entre la lettre E et l'épigraphe empruntée à Queneau, « maître de la transformation du français parlé en langue d'écriture », qui autoriserait la lecture

1. Vincent Colonna, « *W*, un livre blanc », in *CGP*, n° 2, p. 18.

2. Wolfgang Orlich, *Buchstäblichkeit als Schutz und Möglichkeit vor/von Erinnerung. Anmerkungen zu Georges Perecs W ou le souvenir d'enfance* in *Shoah. Formen der Erinnerung*, Wilhelm Fink Verlag, p. 187 (traduit par nous).

de la graphie « pour E » en « pour eux ». Il convient d'ajouter que, dans le projet tripartite, la dédicace « pour E » ne concernait que la partie « Souvenir d'enfance », et que la partie *W* était dédiée à Robert Antelme[1].

4. *Les épigraphes* (p. 11 et 91) proviennent de l'autobiographie en vers de Queneau, *Chêne et chien*[2]. Queneau y relate en particulier son expérience de la cure :

> « Je me couchai sur un divan
> et me mis à raconter ma vie,
> ce que je croyais être ma vie.
> Ma vie, qu'est-ce que j'en connaissais ?
> Et ta vie, toi, qu'est-ce que tu en connais[3] ? »

L'épigraphe trouve là une première pertinence, puisque toute la narration autobiographique de Perec est, elle aussi, placée sous le signe de l'interrogation, du doute, du « ma vie qu'est-ce que j'en connaissais ? ». Les extraits donnés dans le dossier permettent d'apercevoir d'autres corrélations. Surtout, la répétition de deux vers presque identiques, prélevés dans une même strophe de quatre, à l'orée de chaque partie, contribue à assurer la cohésion entre elles.

L'influence de Queneau sur Perec (« Ramun Quayno, dont il s'affirmait l'obscur famulus[4] ») peut se mesurer par ce souvenir de Harry Mathews :

« Je me souviens que Georges Perec m'appela à Lans pour m'apprendre, avec un calme étudié, que Raymond Queneau était mort. Les larmes seraient pour plus tard. Nous venions de perdre l'homme qui

1. Voir le chapitre « Un pays où le Sport est roi ».

2. Voir Dossier, p. 179.

3. Raymond Queneau, *Chêne et chien, op. cit.*, p. 63, et Dossier, p. 179.

4. *La disparition, op. cit.*, p. 312.

autorisait nos vies en tant qu'écrivains — un père digne de confiance, irremplaçable. Je sus par la suite que, ce soir-là, chacun de nous avait relu les poèmes de Queneau sur la mort, les mêmes que nous nous étions lus à haute voix quelques semaines auparavant[1]. »

1. Harry Mathews, *Le verger, op. cit.,* p. 16.

5. *Le signe de coupure* : cette page blanche griffée de trois points de suspension entre parenthèses, « *ces points de suspension* auxquels se sont accrochés les fils rompus de l'enfance et la trame de l'écriture[2] », interrompent, on l'a vu, et la narration du faux Gaspard (qu'il ne reprendra pas) et l'autobiographie « sans souvenirs ». On est tenté de rétablir une continuité, de déclarer par exemple que, pendant l'entracte de la page blanche, le faux Gaspard part pour W et le petit Georges part pour Villard-de-Lans. Ce n'est pas faux, bien sûr. Mais c'est méconnaître que Perec, avec cette coupure, indique « l'histoire d'un blanc », pour détourner un titre de Philippe Soupault[3], un blanc qu'il serait illégitime de remplir. « Indice d'un texte rentré, d'un texte à jamais empêché et qui pourtant fait sens[4] », cette page est l'équivalent de l'avertissement paru dans le feuilleton : « Il n'y avait pas de chapitres précédents. Oubliez ce que vous avez lu... »

2. Quatrième de couverture.

3. Philippe Soupault, *Histoire d'un blanc*, Au Sans Pareil, 1927.

4. Vincent Colonna, *art. cit.,* p. 21.

D'autre part, cette coupure qui nous paraît si caractéristique de *W* existe dès les premières tentatives d'écriture de Perec : les trois pages blanches au milieu de *L'attentat de Sarajevo*, ou la structure binaire de *Gaspard pas mort* :

« Le bouquin se divise en deux parties — un roman, intitulé *Gaspard* ou *Le coffre* ou

La nuit etc. (_____), et Je, en train d'écrire le roman (- - - -). Influences réciproques jusqu'au moment où (- - - -) cesse de tirer _____, lequel va acquérir son impulsion propre et entraîner à son tour (- - - -). De ces influences, je ne sais rien, sinon qu'elles seront évidemment vécues (roman s'élucidant en se faisant, psychanalyse, etc.[1]). »

1. *GP/JL*, 11 juillet 1958, p. 301.

6. *L'« achevé de rédaction »* : Vincent Colonna propose de désigner par ce terme l'indication finale, lieu et date, de la rédaction d'un livre. Dans le cas de *W*, il fait justement remarquer que les dates, 1970-1974, ne concernent que la partie autobiographique, puisque la partie fictive a été écrite et publiée en feuilleton entre 1969-1970. Il en conclut que « la fiction *W*, elle, n'est pas achevée, elle est suspendue, par ces mêmes points de suspension qui disjoignent les deux parties du livre. Que la fiction fantasmatique soit déliée de toutes coordonnées spatio-temporelles n'a rien d'étonnant : comme l'a répété à loisir Freud, le fantasme n'a pas d'historicité, l'inconscient ignore le temps, comme il ignore les limites liées à la finitude humaine[2] ». Ce qui étayerait cette interprétation, c'est le retour opéré par certains éléments de la fiction *W* dans d'autres livres comme *La vie mode d'emploi*, *Un cabinet d'amateur* ou même le roman posthume « *53 jours* ». Mais ceci est une autre histoire.

2. Vincent Colonna, *art. cit.*, p. 23.

7. *Les notes*, qui font évidemment partie du paratexte, ont déjà été analysées dans le chapitre « L'équarrisseur de souvenirs », où était surtout soulignée leur fonction critique, voire destructrice. Mais il faut ajouter qu'en

établissant un pont entre le passé englouti et le présent, elles constituent également un facteur de cohésion du texte.

1. Michel Leiris, *L'âge d'homme*, *op. cit.*, p. 131.

4. « POINTS DE SUTURE[1] »

Le paratexte ne suffirait évidemment pas à assurer la cohésion du livre. Mais les choix de lecture peuvent être diamétralement opposés quant à la question de la continuité. On peut souligner l'éclatement du récit, auquel Perec n'aurait pas su remédier, et ne voir dans les sutures que le signe d'une sorte d'activité de l'inconscient :

« En fin de compte, la discontinuité entre les deux récits, leur impossibilité à se fondre, est aussi significative que les contenus de l'un et de l'autre. Chaque version semblait incomplète sans l'autre, mais Perec ne put faire plus que signaler la nature de cette incomplétude en identifiant les glissements et les déplacements qu'il repérait dans les deux " récits "[2]. »

2. Michael Sheringham, *French Autobiography, Devices and Desires. Rousseau to Perec*, Oxford, Clarendon Press, 1993, p. 321 (traduit par nous).

Il nous paraît plus juste de souligner avec Bernard Magné, par le biais des corrélations entre *W* et d'autres œuvres de Perec, l'effort constant de « mise ensemble » vers lequel tend Perec :

« Faire apparaître le jeu des récurrences entre *W* et *Je me souviens*, entre l'autobiographie solitaire (les fils brisés, l'absence de repères) et les " choses communes ", préciser leur distribution (c'est vers la fin de *W* que l'on trouve des éléments qui réapparaîtront dans *Je me souviens*), c'est montrer que le cheminement de l'écriture perecquienne est orienté vers un incessant effort de mise ensemble, comme si le sujet éclaté, victime de " l'histoire avec sa grande hache ", trouvait dans la pratique scripturale le moyen de maîtriser, en l'unifiant, un parcours morcelé[1]. »

1. Bernard Magné, « Perecritures », in Claudette Oriol-Boyer (dir.), La réécriture, Grenoble, Ceditel, 1990, p. 91.

Bernard Magné a proposé une étude fouillée des sutures dans *W*, tout en reconnaissant que le repérage en était virtuellement infini[2]. Nous en avons signalé un certain nombre au fil des lectures précédentes. Elles sont, on l'a vu, d'ordre très divers, par leur nature (retour identique d'un mot ou d'un syntagme, reprise non textuelle, allusion...) et par leur emplacement. Surtout, elles ont un caractère latent (il faut les détecter, les actualiser par la lecture) et « belligérant » : elles contestent indirectement le motif explicite et fondamental de la rupture[3]. Nous en proposons quelques autres, dont une analyse du blason d'Otto Apfelstahl qui constitue un exemple caractéristique de ces sutures[4].

2. Voir Dossier, p. 193.

3. Bernard Magné, « Les sutures dans W ou le souvenir d'enfance », CGP, n° 2, p. 39-55, et Dossier, p. 193.

4. Voir Dossier, p. 196.

Le repérage, on l'a dit, est sans fin, et il faut laisser au lecteur le plaisir de faire lui-même quelques découvertes. Soulignons pour conclure le caractère systématique, et formel, de ces liaisons ; elles semblent moins nombreuses dans la seconde partie, mais y prennent parfois valeur de métatexte, par exemple la description des connexions (spatiales et « politiques ») entre les villages W désigne assez exactement le fonctionnement du texte.

5. UN CAS DE RÉCURRENCE DESTRUCTRICE ?

Dans un cas néanmoins, ces récurrences, qui constituent en général un facteur de renforcement du tissu romanesque, peuvent avoir un effet inverse.

Ainsi de la récurrence du nom « Gaspard Winckler », déjà signalée. *A priori*, on pourrait penser que, comme chez Balzac, il s'agit d'un retour de personnage, qui crée une illusion de réalité, de vraisemblance mimétique. Mais chez Balzac, les personnages, même s'ils évoluent, demeurent foncièrement stables dans leur identité : Bianchon, Rastignac, D'Arthez se retrouvent tels quels d'un roman à l'autre. Chez Perec, un même nom va servir à plusieurs personnages différents, ce qui lui ôte toute crédibilité au premier degré. D'autre part, Perec emprunte des noms à l'histoire ou à la littérature antérieure, et ici encore avec le même effet destructeur :

« La récurrence des noms ne vise pas à renforcer la cohérence représentative. Au contraire, d'un texte à l'autre il y a des ruptures, des contradictions et le même signifiant renvoie à des traits sémiques différents voire incompatibles [...] Ce qui s'obtient, ce n'est pas une concurrence à la vie, mais une référence à l'écrit[1]. »

1. Bernard Magné, « Le puzzle du nom », in *Le personnage en question*, Presses universitaire de Toulouse-Le Mirail, 1984, p. 69.

X. LES LIVRES : «UNE PARENTÉ ENFIN RETROUVÉE»

1. Voir le chapitre «Désormais, les souvenirs existent».

La lecture a pour Perec un caractère essentiel, fondateur : après l'univers sans repères de la seconde partie, où il n'y a plus de temps, plus d'espace...[1], l'enfant se reconstruit dans l'imaginaire, avec les livres. Livres littéralement salvateurs : quand, au cours d'une descente à ski où ses camarades l'ont abandonné parce qu'il est trop lent, trop maladroit, il se retrouve seul dans la neige à la nuit tombante, il pense aussitôt aux romans de Curwood, qui lui annoncent à la fois les dangers qu'il court mais aussi les moyens de se protéger :

«Des tas d'images se bousculaient dans ma tête, souvenirs de lectures de Curwood : doigts gelés, gangrène, amputation, attaque des loups ; il allait falloir que je construise un igloo, que je me recroqueville le plus profondément possible dans la neige ; il allait falloir que, de toutes mes forces, je lutte contre le sommeil, contre l'engourdissement délicieux qui monterait le long de mes jambes[2].»

2. Georges Perec, «Une rédaction», *Le Nouvel Observateur*, 23 décembre 1978.

Ce sont encore des lectures d'enfance qui interviennent quand il tente d'imaginer l'enfance de sa mère à Lubartow :

«Et ma mère là-dedans, petite chose de rien du tout, haute comme trois pommes, enveloppée quatre fois dans un châle tricoté, traînant derrière elle un cabas tout noir qui fait deux fois son poids...» Et d'ajouter en note : «Je n'arrive pas à préciser exactement les sources de cette fabulation ; l'une d'entre elles est certainement *La petite marchande d'allumettes* d'Andersen ; une autre est peut-être l'épisode de Cosette chez les Thénardier... » (p. 50 et 60).

Si la référence aux lectures est vitale, le statut des citations ou des allusions est différent d'un texte à l'autre. Par exemple, pour *La vie mode d'emploi*, le lecteur dispose à présent d'un « Cahier des charges » qui lui donne les noms d'auteurs ou d'œuvres que Perec entendait placer selon des règles précises dans chaque chapitre, prévoyant même la place de l'erreur, du *clinamen*. Pour *W*, rien de tel. Il y a bien quelques citations ou allusions explicites, on le verra, mais à l'exception du chapitre consacré à la lecture, elles sont plutôt rares et sporadiques. Néanmoins, toutes font appel à la compétence actuelle du lecteur, ou à son travail futur. Peu visibles, voire à la limite de l'invisible, elles offrent à celui qui en cherche l'origine des pistes fort riches de réflexion ou de rêverie.

1. « COUCHÉ À PLAT VENTRE SUR MON LIT... » (*W*, P. 193).

C'est dans le chapitre XXXI, donc assez tard dans le livre, que surgissent les souvenirs explicites de lectures :

« C'est de cette époque que datent les premières lectures dont je me souvienne. Couché à plat ventre sur mon lit, je dévorais les livres que mon cousin Henri me donnait à lire » (p. 193).

L'année qui précède la publication de *W*, Perec avait déjà décrit cette « position du lecteur couché » qui caractérise les plaisirs de la lecture d'enfance :

« C'est couché à plat ventre que j'ai lu *Vingt ans après*, *L'île mystérieuse* et *Jerry dans l'île*. Le lit devenait cabane de trappeur, ou canot de sauvetage sur l'Océan en furie, ou baobab menacé par l'incendie, tente dressée dans le désert, anfractuosité propice à quelques centimètres de laquelle passaient des ennemis bredouilles[1]. »

Trois ans après *W*, dans *Notes sur ce que je cherche* (1978), Perec nomme, en quatrième et dernier lieu de ses « modes d'interrogation », « le romanesque, le goût des histoires et des péripéties, l'envie d'écrire des livres qui se dévorent à plat ventre sur son lit[2]... ».

1. *Espèces d'espaces*, Galilée, 1974, p. 26.

2. « Notes sur ce que je cherche », in *P/C*, p. 10.

Dans ce mode de lecture, qui n'est certes pas le seul, mais qui est le premier, qui est l'apanage de l'enfance, même s'il se prolonge parfois dans l'âge adulte, le lecteur est et se veut naïf : si le lit devient canot ou baobab, c'est bien que le lecteur, oubliant totalement son présent, sa personne, ses références, s'est immergé dans le livre auquel il « croit » plus qu'à tout le reste, du moins pendant le temps de la lecture. Le lit devient « lit-monade » (le jeu de mots est de Perec[3]), lieu où le moi s'isole du monde, « île » (cette fois le jeu de mots est de Leiris, que Perec met en exergue à ces pages sur la lecture).

3. *Espèces d'espaces*, *op. cit.*, p. 26.

Perec invite certes à une lecture « savante », par la multiplicité des allusions et des procédures qu'il met en jeu, mais il ne se propose pas d'interdire à son lecteur les plaisirs de la naïveté. Plus même, il met en garde :

« L'ennui quand on voit la contrainte, c'est qu'on ne voit plus que la contrainte [...] On risque, en ce cas, de n'en lire que l'exploit, le record. [...] Lorsque je publie, comme je l'ai fait tout récemment dans *La clôture*, des poèmes composés selon des systèmes aussi compliqués, finalement le lecteur peut les recevoir comme un poème. C'est du moins ce que je voudrais[1]. »

Le mode juste doit se trouver dans un croisement des deux modes de lecture ; comme le dit Bernard Magné : « La lecture naïve, attentive au seul référent, et la lecture archéologique, attentive au seul signifiant, sont toutes deux illusoires parce que réductrices, l'une soumettant le texte aux règles de la logique " ordinaire ", l'autre le ramenant à l'exécution mécanique d'un programme préétabli[2]. »

2. LIVRES POUR ENFANTS ET AUTRES

Dès le début du texte sont apparues des allusions, plus ou moins rapides, à des auteurs qui n'appartiennent pas tous au registre des lectures enfantines : Melville, Shakespeare, Kafka, Blasco Ibañez, Brecht (qui n'est pas nommé, mais il est fait allusion à son *Galilée* joué par le Berliner Ensemble, p. 145). Dans le chapitre XXXI sont juxtaposés des noms ou des titres qui datent des premières lectures de Perec (*Le tour du monde d'un petit Parisien, Michaël chien de cirque, Vingt ans après...*) et d'autres lus plus tard et constamment relus :

1. « Ce qui stimule ma racontouze... », *Texte en main*, n° 1, 1984, p. 54.

2. Bernard Magné, « Pour une lecture réticulée », *CGP*, n° 4, p. 147.

« Je lis peu, mais je relis sans cesse, Flaubert et Jules Verne, Roussel et Kafka, Leiris et Queneau... » (p. 195).

Dans cette dernière liste, à l'exception de Jules Verne, l'influence des auteurs cités sur *W* n'est pas évidente. Leur marque apparaît plutôt sur d'autres textes : par exemple Flaubert pour *Les choses* et *La vie mode d'emploi*[1]. L'influence de Queneau est très profonde et très diffuse sur les poèmes, les textes à combinatoires, etc., mais paradoxalement, c'est dans ce livre qui comporte deux épigraphes de lui que sa présence est le moins immédiatement sensible[2]. L'influence de Leiris a été étudiée dans les chapitres « La question autobiographique » et « Les lieux communs de l'enfance ». Enfin, Perec nomme dans sa lettre à Maurice Nadeau trois auteurs comme les influences majeures de *W*, Raymond Roussel, Jules Verne déjà nommé, et Lewis Carroll[3]. On le voit, des lectures bien hétéroclites, et qui proposent des pistes de recherche bien divergentes. On choisira d'explorer d'abord celle de Melville, dont certains personnages sont les « ombres tutélaires » invoquées au début de *W*, puis celle de Jules Verne, dont la marque est massive et évidente. Trois auteurs dont la présence est plus problématique : Shakespeare, Carroll et Roussel, sont étudiés dans le dossier[4].

1. Claude Burgelin, « Perec lecteur de Flaubert », in Bernard Masson (dir.), *Flaubert et après...*, Minard, coll. « Archives des Lettres modernes », 1984, p. 135-171.

2. Voir Dossier, p. 179.

3. Lettre à Maurice Nadeau, in *JSN*, p. 62.

4. Voir Dossier, p. 205-208.

3. MELVILLE ET « LA BLANCHE RÊVERIE » (*W*, P. 14)

Au début du texte, le narrateur se place sous l'invocation, positive ou négative, de personnages de Melville : Achab, Ishmaël, Bartleby (p. 14-15).

Les deux premiers sont des personnages de *Moby Dick* (1851). Achab, dont le narrateur s'écarte (« Ce n'est pas la fureur bouillante d'Achab qui m'habite... »), c'est le capitaine qui veut se venger de la baleine blanche qui l'a jadis mutilé et qui entraîne son équipage dans une poursuite mortelle. Ce n'est donc pas un esprit de vengeance qui anime le narrateur. Quant à Ishmaël, il n'est que le témoin, celui qui survivra pour raconter l'histoire, ce qui est la position même du faux Gaspard Winckler. Il sera recueilli à la fin par un bateau qui ne le cherchait pas, mais cherchait les enfants de son capitaine : « C'était l'errante *Rachel* qui, rebroussant chemin en quête de ses enfants perdus, n'avait trouvé qu'un autre orphelin. » Les motifs du naufrage, de la poursuite, de la vengeance, du blanc, de l'orphelinage, de l'enfant perdu, peut-être abandonné, de l'enfant retrouvé, autant d'éléments dont la lecture la moins attentive trouve la trace dans *W*.

Quant à Bartleby, c'est le personnage d'une nouvelle qui porte son nom, *Bartleby the scrivener* (1856), parfois traduit à tort par « Bartleby l'écrivain ». Certes, il trace des signes à l'encre sur des pages, mais ce n'est pas de l'écriture, c'est de la copie : il travaille dans un bureau dont le propriétaire l'a recueilli un peu par charité, ne sachant d'où il vient. Un jour, Bartleby refuse poliment de continuer à copier, et continue à vivre dans le bureau, d'une vie de jour en jour plus exsangue. Le propriétaire, finalement excédé, le fait expulser et emprisonner, et Bartleby se laisse mourir de faim en prison. Son ancien employeur, rongé par le remords, fait une petite enquête sur lui, et apprend qu'avant de le connaître Bartleby était employé au bureau des Lettres en Souffrance (*Dead Letters*), les lettres qui n'ont pas trouvé leur destinataire, et dont la perte a pu être fatale[1].

Ce personnage de Bartleby, Perec l'a assimilé à son père :

« Il ne me déplaît pas de voir mon père sous les traits de Bartleby : il ne se reconnaît pas dans le milieu de diamantaires grimpant 4 à 4 les échelons de la réussite sociale et il reste dans son ghetto, dans le 20ᵉ, au lieu d'aller dans les quartiers chics. Mais Bartleby ne se marie pas et ne me donne pas naissance[2] ! » Ailleurs, il précise que Bartleby, à ses yeux, est un être « à contre-courant au sein d'un monde évident[3] ». Bartleby est aussi une figure de Perec écrivain : il est copiste (*scrivener*), il copie les phrases des autres, un peu comme le faussaire Gaspard Winckler du *Condottiere* « copiait » les tableaux des autres pour en faire œuvre. Toutefois, sa figure hante surtout *Un homme qui dort*, avec sa prise de distance par rapport à la vie, son « étrangeté » radicale, même si la fin n'en est pas aussi tragique.

4. JULES VERNE : « AVENTURES INSULAIRES » (*W*, P. 196)

« Un Nemo dégoûté du monde et rêvant de bâtir une Cité idéale » (p. 95) : l'un des fondateurs possibles de l'île W porte le nom ou plutôt le surnom du héros de *L'île mystérieuse*[4]. Ce roman de Jules Verne (1874) fait

1. On limite généralement l'histoire de Bartleby à son refus de vivre, et on néglige souvent cet épilogue posthume, qui nous semble fort pertinent par rapport à Perec.

2. Georges Perec, « Le petit carnet noir », in *CGP*, n° 2, p. 168.

3. Lettre à Denise Getzler, in *Littératures*, n° 7, p. 67.

4. Gaspard Winckler dans *La vie mode d'emploi* s'est consacré dans sa jeunesse à sculpter un buffet représentant les scènes principales de *L'île mystérieuse* (*VME*, p. 47-48).

suite à *Les enfants du capitaine Grant* (1867) et à *Vingt mille lieues sous les mers* (1869). Les corrélations avec *W*, que nous signalons en italique, y sont multiples. Le roman commence par une tempête violente, provoquant des naufrages « que les relevés du *Bureau Veritas* chiffrèrent par centaines », et menaçant d'anéantir un ballon où sont *cinq passagers* dont un *orphelin*. Ils ne sont plus que *quatre* lorsque la tempête les jette sur une île, *îlot aride, semé de pierres, sans végétation, refuge désolé de quelques oiseaux de mer*, puis parviennent à gagner une île plus importante et plus hospitalière. Le cinquième passager est retrouvé inanimé, mystérieusement sauvé. Ils décident de se considérer, non plus comme des naufragés, mais comme des *colons*. D'abord démunis de tout, ils fabriquent des armes de chasse, des outils, *un four, du savon*, arrivent à déterminer les coordonnées de l'île, qui se trouve *au large du Chili*, mais cette position ne correspond à aucune terre connue : *l'île ne figure pas sur les cartes*. Les naufragés, d'abord sauvés par leur courage et leur ingéniosité, sont de plus aidés par une présence invisible, qui leur procure outils, médicaments, torpille le vaisseau pirate qui les attaquait, etc. Nemo est le *Maître invisible* de l'île, personnage à la fois tout-puissant et misérable, comme l'enfant-roi de W dans les avant-textes[1]. Il est *persécuté en raison de sa race* (il est indien dans un monde dominé par l'Empire britannique, et a participé à une révolte indépendantiste qui a échoué). *Après sa mort, l'île s'engloutit dans*

1. Voir   Dossier, p. 168.

un cataclysme : les cinq colons, sauvés *in extremis*, ne pourront que *témoigner* de leur histoire.

L'île mystérieuse, cité dans *W* et ailleurs par Perec, constitue une référence obligée, mais d'autres romans de Verne apparaissent en filigrane du livre. *Les enfants du capitaine Grant* est une recherche du père. *Le château des Carpathes*, « lu beaucoup plus tard » (p. 193), est une histoire de vengeance, où une *cantatrice morte* joue un rôle crucial. *L'Épave du « Cynthia »*, comme l'a découvert Geneviève Mouillaud-Fraisse, présente des corrélations frappantes avec *W*[1]. John Pedersen a repéré un roman posthume, *Les naufragés du « Jonathan »* (écrit vers 1891), dont il avoue que Perec ne le cite nulle part, mais qui se déroule, comme *W*, dans la Terre de Feu[2]. « C'est l'histoire d'une colonisation, des luttes intérieures et extérieures pour défendre la population, mais c'est surtout l'histoire du Kaw-djer, homme mystérieux qui se voit astreint à accepter le rôle de gouverneur quoiqu'il soit farouchement contre toute autorité. [...] Au bout d'une longue période comme gouverneur, [il] [...] se retire au profit de Dick, jeune homme qu'il a élevé depuis qu'il l'avait rencontré orphelin à l'âge de dix ans[3]. » Curieusement, ce roman, paru à titre posthume (1909), fut d'abord publié en feuilleton, mais interrompu à cause des réactions hostiles des lecteurs...

Face à l'expérience déstructurante de la perte du père, puis de la mère, et du silence qui a suivi, Perec a répondu, non par un

1. Voir Dossier, p. 200.

2. John Pedersen, *Perec ou les textes croisés*, Études romanes de l'université de Copenhague, *Revue romane*, n° 29, 1985, p. 81.

3. *Ibid.*

enfermement protecteur, mais par l'aller vers l'ailleurs. Et lorsqu'il appelle les livres « une parenté enfin retrouvée », ce n'est pas uniquement parce que les livres ont rendu, à l'enfant qu'il fut, la stabilité que l'Histoire avait empêché ses parents de lui donner : ce n'est pas seulement parce qu'il est rassurant de voir les héros des *Trois Mousquetaires* revenir dans *Vingt ans après* et dans *Le vicomte de Bragelonne*, ou *Jerry dans l'île* dans *Michaël chien de cirque*, retour qui aide à supporter — ou à méconnaître — l'impossible retour de Cyrla. Les livres médiatisent l'expérience des autres, ouvrent vers l'autre — alors qu'*Un homme qui dort* est tenté par l'autisme — et c'est ce que Perec, lecteur sauvé par les livres, a voulu redonner aux lecteurs de ses livres à lui.

XI. « CE QUE JE CROYAIS ÊTRE MA VIE »

*Je me couchai sur un divan
et me mis à raconter ma vie,
ce que je croyais être ma vie.
Ma vie, qu'est-ce que j'en connaissais ?
Et ta vie, toi, qu'est-ce que tu en connais ?
Et lui, là, est-ce qu'il la connaît,
sa vie ?*

Raymond Queneau, *Chêne et chien*[1].

1. Raymond Que-
neau, *Chêne et chien*,
op. cit., p. 63. Voir
Dossier, p. 179.

« Peut-être as-tu trop tendance à baigner dans le
passé. Passé mort dont tu gardes des traces
certes, mais que, tourné, axé vers l'avenir, vers
les difficultés qui seront tiennes dans un an, dans
trois ans, il te serait plus facile de perdre, plus
facile de l'enterrer, donc de vivre[2]. »

2. *GP/JL*, 26 avril
1958, p. 218.

« La psychanalyse ne ressemble pas vraiment
aux publicités pour chauves : il n'y a pas
eu un " avant " et un " après "[3]. » Par cette
phrase d'une ironie cruelle, écrite deux ans
après l'achèvement de *W ou le souvenir
d'enfance*, Perec semble dénier toute efficacité à l'expérience analytique, ou du moins
minimiser son pouvoir de transformation. Il
a eu affaire à trois reprises à la cure. Tout
jeune, vers douze-treize ans, après une
fugue[4], il suit une psychothérapie auprès de
Françoise Dolto, qui lui aurait dit qu'il serait
écrivain : c'est en tout cas au cours de cette
thérapie qu'il raconte et dessine ce qui sera
plus tard l'univers W. À vingt ans, il fait une
période d'analyse avec Michel de M'Uzan
(1956-1957) ; enfin, c'est pendant son analyse avec J.-B. Pontalis (1971-1975) qu'il

3. « Les lieux d'une
ruse », in *P/C*, p. 62.

4. Voir   Dossier,
p. 157.

écrit la partie « Souvenir d'enfance » de *W*, la partie « roman d'aventures » s'étant achevée, on s'en souvient, en 1970 avec la fin du feuilleton dans *La Quinzaine littéraire*. C'est aussi pendant cette période qu'il fait ce qui ressemble bien à une tentative de suicide, même s'il la minimise en la racontant[1].

1. David Bellos, *op. cit.*, p. 489-490.

1. UNE INFLUENCE INCERTAINE

Ces expériences de la cure, et des lectures freudiennes de seconde main[2], semblent ne pas avoir eu d'impact direct sur son écriture, et lui avoir inspiré des sentiments mitigés. Si un livre comme *La boutique obscure* (1973), recueil de rêves écrit pendant la même période, marque à l'évidence qu'il a vu au moins l'un des partis que l'on pouvait en tirer, l'agenda qu'il tient dans le même temps est plutôt réservé, voire hostile : les séances sont qualifiées de « morne », « terne », « chiante », « débile et délébile...[3] ».

2. Jacques Lecarme, « Perec et Freud ou le mode d'emploi », *CGP*, n° 4, p. 123.

3. « Les lieux d'une ruse », *op. cit.*, p. 71.

Pourtant, l'analyse qui accompagne une part de la rédaction de *W* a été d'une importance cruciale, et peut-être autant pour l'analyste que pour l'analysant. Pontalis a consacré au cas Perec, sous divers pseudonymes, des études d'une grande pénétration[4]. Perec lui-même, s'il parle fort peu de l'analyse dans *W*, publie, deux ans après, « Les lieux d'une ruse » (1977), qui à la fois parle de l'analyse et n'en dit apparemment rien :

4. Voir Dossier, p. 210 *sq*.

« De ce lieu souterrain, je n'ai rien à dire.

131

Je sais qu'il eut lieu et que désormais la trace en est écrite en moi et dans les textes que j'écris. »

Pourtant, sans rien dire du mot de l'énigme qui a été déchiffrée alors, Perec décrit l'expérience extatique du moment où a lieu la révélation :

« Il [le temps de l'analyse] dura le temps que mon histoire se rassemble : elle me fut donnée un jour avec surprise, avec émerveillement, avec violence, comme un souvenir restitué dans son espace, comme un geste, une chaleur retrouvée. Ce jour-là, l'analyste entendit ce que j'avais à lui dire, ce que pendant quatre ans il avait écouté sans l'entendre, pour cette simple raison que je ne le lui disais pas, que je ne me le disais pas[1]. »

En écho, Pontalis :

« Un jour, c'était quand déjà ? Pierre[2] et moi nous avons réussi à trouver des mots qui ne soient pas des restes, des mots qui, par miracle, allèrent à leur destinataire inconnu[3]. »

Par contraste, *W* ne dit rien de l'analyse qui en a pourtant accompagné la rédaction. Rien ou presque : quelques sarcasmes explicites, « J'aurai beau traquer mes lapsus [...] ou chercher dans mes phrases, pour évidemment les trouver aussitôt, les résonances mignonnes de l'Œdipe et de la castration » (p. 63).

Mais l'analyse prise ici pour cible n'est qu'un évitement de la vérité, ce que Perec redira dans « Les lieux d'une ruse » :

1. « Les lieux d'une ruse », *op. cit.*, p. 72.

2. L'un des pseudonymes utilisés par Pontalis pour désigner Perec. Voir Dossier, p. 211.

3. J.-B. Pontalis, *L'amour des commencements*, Gallimard, 1986, p. 167.

« Sous les titillements mesurés du petit Œdipe illustré, ma voix ne rencontrait que son vide : ni le frêle écho de mon histoire, ni le tumulte trouble de mes ennemis affrontables, mais la rengaine usée du papa-maman, zizi-panpan ; ni mon émotion, ni ma peur, ni mon désir, ni mon corps, mais des réponses toutes prêtes, de la quincaillerie anonyme, des exaltations de *scenic-railway* [1]. »

Ce que Pontalis a fort bien senti aussi :

« On peut croire, dans un premier temps, que l'analyse marche bien et même qu'elle court : rêves, souvenirs d'enfance, chaînes associatives subtilement entrecroisées, capacité de s'entendre, parfois émergence discrète d'affects, inattendus mais vivement intégrés, interprétations reçues, mais aussitôt placées dans le circuit. Comme ça fonctionne bien ! et pour cause, car la condition impérieuse est que l'appareil ne cesse de fonctionner, produisant sans relâche du sens et l'évacuant au fur et à mesure : il faut, à l'inverse des cas que nous évoquions plus haut, que *ça prenne sens pour que ça ne prenne pas corps*, et il n'y a pas de doute que l'analyse, par la mise en route du " tout dire ", puisse, non créer, mais favoriser ce mode de fonctionnement mental [...] Le contre-transfert, dans ce cas, me paraît alimenté par la visée imaginaire suivante : rendre vivant ce survivant, le faire naître, pour de bon, à lui-même [2]. »

1. « Les lieux d'une ruse », *op. cit.*, p. 67-68.

2. J.-B. Pontalis, « Bornes ou confins ? », in *Entre le rêve et la douleur*, Gallimard, coll. « Connaissance de l'inconscient », 1977, p. 211.

Plus encore que ces flèches un peu faciles, *W* recèle une mise en cause implicite mais d'autant plus fulgurante : le souvenir d'enfance, le mouvement de la réminiscence, ne mène à rien, qu'à des fragments insignifiants, à des ruines ; la reconstruction du moi, si elle se fait — ce qui reste à voir —, ne se fait pas par l'anamnèse, mais par le fantasme : le peu qui émerge de l'enfance passe par le biais de l'univers délirant de *W*. Et

Perec va s'employer à déplacer la question, à créer un univers « sans Œdipe » : la constellation familiale sera bien présente dans le texte, mais comme trace, « signe une fois pour toutes d'un anéantissement une fois pour toutes » (p. 63). Ce n'est pas le triangle œdipien qui anéantit l'enfant, c'est son absence — symbolisée par le triangle blanc cousu dans le dos des novices de *W*.

2. PÈRE ET MÈRE

Du père, *W* ne trace qu'une image assez convenue, comme idéalisée par la mort : photographie, propos de la sœur, visite sur la tombe. La mort du père, si elle élimine un rival selon la typologie freudienne, en permet aussi la transformation en idole : donateur (p. 27), héros (p. 48), objet d'amour, fétiche (« une passion féroce pour les soldats de plomb », p. 48). D'autres œuvres de Perec mettent en scène des pères moins anodins, comme le géniteur meurtrier de sa descendance dans *La disparition*, le père lynché qui engendre un faussaire dans *Un cabinet d'amateur*, etc. Surtout, la correspondance donne de nombreux exemples de sentiments plus ambigus envers ce père disparu :

« Cette joie enfin de pouvoir me définir comme un homme, plus comme un fils[1]. »

Jacques Lederer lui ayant proposé une anagramme de son nom en « Égorge ce père », Perec réplique : « Je m'y emploie.[2] » Pendant un tir de nuit, « Étrange et féerique ballet de lumières falotes des silhouettes à

1. *GP/JL*, août 1957, p. 42. Pendant la psychanalyse avec Michel de M'Uzan.

2. *Ibid.*, 6 mars 1958, p. 117.

peine sorties de la nuit — Des images se superposent — Égorge ce père ! une balle dans le ventre...[1] ».

1. *Ibid.*, 7 mars 1958, p. 121.

« Qu'est-ce que *La nuit* ? " Le livre de la défilialité " — J'ai tant souffert d'être " le fils " que ma première œuvre ne peut être que la destruction totale de tout ce qui m'engendra (le bourreau, thème connu, automaïeutique[2]). »

2. *Ibid.*, 7 juin 1958, p. 277.

« Aime beaucoup Leuwen père — Aurait n'aimé n'avoir un papa comme çui-là[3]. »

3. *Ibid.*, 4 juillet 1958, p. 288.

« *Johnny Guitare* où Sterling Hayden (alias mon père, il meurt d'une balle dans le ventre dans *Asphalt Jungle* et dans *Quand le clairon sonnera*, or mon père est mort après m'avoir fait, donc après avoir eu ma mère, que je voulais, c'est d'ailleurs pour cela que je l'ai tué, tu vois le mic-mac, bref...[4]). » (Quant à la mère, évoquée, on l'a vu, comme absence, si elle est mentionnée ici c'est sur le mode de l'humour, du pastiche freudien.)

4. *Ibid.*, 12 juillet 1958, p. 302.

3. FAMILLE ADOPTIVE

Même discrétion apparente : les tantes à éclipses dans *W*, l'oncle à peine mentionné ne semblent avoir qu'une existence précaire, spectrale, certainement sans commune mesure avec ce que fut la réalité. À la tante Esther, *W* rend un hommage un peu sec (« Ma tante [...] prit l'engagement solennel de s'occuper de moi, ce qu'elle fit d'ailleurs fort bien », p. 47) mais les seuls épisodes concrets où elle figure (les patins contre les soldats, p. 48, les chemises à carreaux, p. 156) ne plaident pas en faveur d'une écoute attentive des désirs de l'enfant. À vingt et un ans, Perec note : « Ma tante refuse de me laisser disposer de mon argent pour l'analyse. Je crois que je vais rompre

1. *Ibid.*, août 1957, p. 44.

2. *Ibid.*, 22 août 1958, p. 361.

définitivement avec eux[1]. » Vers la même époque, dressant la liste des personnages de *Gaspard pas mort*, il mentionne « Le Juge qui ressemble à mon oncle[2] » : ce qui semble bien indiquer, sinon le caractère réel de David Bienenfeld, du moins la manière dont Perec le percevait, comme nous l'avons vu à propos de la « fabrication » du nom Apfelstahl. L'influence de Kafka, très forte sur Perec à l'époque, contribue également à forger ce personnage tout-puissant, qui s'érige en évaluateur des actions d'autrui et n'hésite pas à condamner, comme dans *La lettre au père* ou *Le procès*.

4. LA PETITE SŒUR

« J'étais leur premier enfant. Ils en eurent un second, en 1938 ou 1939, une petite fille qu'ils prénommèrent Irène[3], mais qui ne vécut que quelques jours » (p. 35).

3. D'après David Bellos, elle naquit en 1938 et fut prénommée Jeannine (*op. cit.*, p. 55).

Cet événement isolé, auquel Perec ne se référera plus, est relaté de façon tout impersonnelle, et assorti d'une note qui le complète tout en donnant la source probable de cette information : « Selon ma tante Esther, qui est à ma connaissance la seule personne se souvenant aujourd'hui de l'existence de cette seule nièce qu'elle eut [...] Irène serait née en 1937 et serait morte au bout de quelques semaines, atteinte d'une malformation de l'estomac » (p. 36). Il est probable que, même si ses parents avaient survécu à la guerre, le petit Georges n'en aurait guère su davantage : la mort d'un enfant est rarement un récit que l'on fait au survivant.

Perec n'a plus parlé de cette petite sœur, et il s'est retrouvé une grande sœur avec sa cousine Ela. Il aurait eu deux ans au moment de sa naissance. Est-il abusif de s'interroger sur les sentiments que le tout petit enfant a pu éprouver à cette occasion, guidé en cela par les textes de Freud ? Dans « Un souvenir d'enfance dans *Fiction et Vérité* de Goethe »[1], Freud analyse un méfait enfantin du jeune Goethe comme un passage à l'acte potentiellement meurtrier, visant un frère cadet dont il était jaloux. Lui-même est resté fort discret sur la naissance et la mort prématurée de son frère cadet Julius, ne le mentionnant qu'en passant dans une lettre à Fließ[2]. La petite fille que Perec *ne pousse pas* dans l'escalier ou l'autre petite fille qu'il *n'enferme pas* dans le cagibi seraient-elles des « revenantes » ?

1. Sigmund Freud, « Un souvenir d'enfance dans *Fiction et Vérité* de Goethe » (1917), in *L'inquiétante étrangeté et autres essais*, traduit de l'allemand par Bertrand Féron, Gallimard, coll. « Œuvres de Sigmund Freud », 1985.

2. Didier Anzieu, *L'auto-analyse de Freud*, P.U.F., 1975, tome II, p. 469.

5. BLANC, NEUTRE

Si les rapports avec la famille initiale ou substitutive sont ainsi apparemment neutralisés par le texte, le lecteur se tromperait en y voyant une neutralisation des affects. « Je sais que ce que je dis est blanc, est neutre... » (p. 63) : il y a bien eu « anéantissement », et comme tel il est irréparable, mais il y a à présent l'écriture, qui parvient, par son « neutre » même, à témoigner de l'anéantissement.

Ce qui a amené Perec sur le divan, ce n'est pas, comme pour d'autres, l'étouffement dans le triangle anéantissant de l'Œdipe. Il n'a pas eu à se débattre contre un père trop autoritaire ou une mère trop aimante, ou l'inverse : il a eu affaire à une absence radicale, dont l'analyse ne peut que gérer ou tenter de réparer les conséquences, mais qui n'est pas de son ressort. À vingt-deux ans, écrivant à Jacques Lederer, comme lui fils de déporté, comme lui en analyse, il interroge « cette triple différence entre

ce que nous avons été

ce que nous sommes

ce que nous aurions pu être sans la guerre[1] ».

Si donc Perec parle fort peu de l'analyse dans *W*, et de façon sarcastique, ce n'est pas à notre sens une dénégation, mais plutôt un déplacement : la cause de sa maladie, de ce qui le ronge, c'est la guerre, c'est Auschwitz. Dès lors, l'analyse apparaît pour ce qu'elle est, un principe thérapeutique et herméneutique, mais circonscrit, qui ne saurait rendre compte du système d'anéantissement de la guerre et de l'Holocauste.

C'est du côté du fonctionnement des sociétés que se relance l'écriture. Ou, pour reprendre la question de Pontalis, « à quelles conditions un psychanalyste peut[-il] s'autoriser à *traiter* de faits sociaux[2] » ?

1. *GP/JL*, 17 mars 1958, p. 147.

2. J.-B. Pontalis, « Bornes ou confins ? », in *Entre le rêve et la douleur*, *op. cit.*, p. 201.

XII. « CE QUE ÇA ME FAIT QUE D'ÊTRE JUIF[1] »

1. *Récits d'Ellis Island*, op. cit., p. 43.

2. Paul Celan, « Fugue de mort », in *Pavot et mémoire*, op. cit., p. 89.

3. Dans la traduction de Maurice Blanchot, *in* Philippe Lacoue-Labarthe, *La poésie comme expérience*, Christian Bourgois, 1986, p. 56.

« La mort est un maître qui vient d'Allemagne. »

Paul Celan, *Fugue de mort* (*Todesfuge*[2]).

« Elle, la langue, restait non perdue, oui, en dépit de tout. Mais il lui fallait alors passer par ses propres absences de réponse, passer par un *terrible mutisme*, passer par les mille ténèbres d'une parole meurtrière. »

Paul Celan, *Discours de Brême* (1958)[3].

« Nous connaissons tous deux à foison des exemplaires typiques de juifs occidentaux ; de tous je suis, autant que je le sache, le plus typique : c'est-à-dire, en exagérant, que je n'ai pas une seconde de paix, que rien ne m'est donné, qu'il me faut tout acquérir, non seulement le présent et l'avenir mais encore le passé, cette chose que tout homme reçoit gratuitement en partage, cela aussi je dois l'acquérir, c'est, peut-être, la plus dure besogne. »

Kafka, *Lettres à Milena*[4].

4. Ce texte de Kafka est cité par Ewa Pawlikowska à Perec, lors de leur entretien de 1981 en Pologne, et Perec répond : « Cela correspond exactement à ce que je pourrais reprendre pour moi » (*Littératures*, n° 7, p. 75-76).

5. *JSN*, p. 10.

« Je suis né le 25 décembre 0000. Mon père était, dit-on, ouvrier charpentier. Peu de temps après ma naissance, les gentils ne le furent pas et l'on dut se réfugier en Égypte. C'est ainsi que j'appris que j'étais juif et c'est dans ces conditions dramatiques qu'il faut voir l'origine de ma ferme décision de ne pas le rester. Vous connaissez la suite[5]... »

Cette autobiographie improbable, qui constitue un des nombreux « faux départs » des tentatives autobiographiques de *Je suis né*, nous intéresse dans la mesure où, avec humour, et en s'« avançant masqué », Perec y dit à la fois qu'il est juif et qu'il a le ferme propos de ne pas le rester. Et cela, après l'achèvement du feuilleton, et avant d'entamer la rédaction du *Souvenir d'enfance*.

Avant *W*, Perec dit sa judéité sur le mode de la dérision[1], ou ne la dit pas. *W* de ce point de vue constitue une coupure, mais qui n'est pas simple, et ce à proportion du peu d'occurrences du mot *juif* dans le texte : six[2].

1. UNE APPARTENANCE OCCULTÉE ?

De façon générale, Perec fait dans son œuvre fort peu d'allusions aux juifs et au judaïsme, il ne connaît ni le yiddish ni l'hébreu, et assez peu l'histoire ou la culture juives[3]. À propos de la guerre qui a tué ses parents, il fait le projet d'aller « un jour à la BN prendre quelques quotidiens de ce jour [le jour de sa naissance] et regarder ce qui s'est passé. [...][4] Je connais très mal cette histoire qui a pourtant été pour moi vitale[5]. » Nous l'avons vu, la lettre hébraïque du premier souvenir est fausse, les noms de famille de sa mère et de sa grand-mère sont mal orthographiés, l'étymologie du nom *Perec* est de fantaisie.

Pourtant, il a formé le projet de se renseigner non seulement sur les origines de sa famille, mais sur l'histoire juive en un sens plus général. Certains brouillons contemporains de la période où il questionne systématiquement sa tante Esther sur l'histoire de sa famille (1967) indiquent un programme « qui l'aurait

1. Par exemple dans la correspondance citée avec Jacques Lederer.

2. P. 50, 56, 57, 107, 110 et 130. *Cf.* Frank Hoyer, *Mise à l'index d'un récit : W ou le souvenir d'enfance de Georges Perec*, mémoire de maîtrise, dir. Bernard Magné, université de Toulouse-Le Mirail, 1987.

3. Marcel Bénabou, « Perec et la judéité », *art. cit.*, p. 18.

4. Il l'a fait. Le résultat se trouve dans le chapitre VI de *W*.

5. *JSN*, p. 12-13.

obligé à aller voir de près la vie juive des *shtetls* polonais, la vie associative, politique, le rôle du sionisme en particulier. Puis la confrontation brutale avec la guerre, avec les camps, dont il aurait fallu parler autrement que d'après la lecture du livre d'Antelme. L'après-guerre enfin, avec les deux choix fondamentaux [...] le sionisme et l'assimilation, le choix de Léon Peretz et le choix de la famille Bienenfeld[1] ».

Mais ce programme est resté lettre morte.

1. Régine Robin, « Un projet auto-biographique inédit de Georges Perec : *L'arbre* », *art. cit.*, p. 7.

2. *W* ET L'ATTENTAT DE MUNICH (1972)

De cette quasi-absence, certain critique donne une interprétation sévère, taxant à demi-mot Perec d'opportunisme, et lui reprochant de ne pas avoir mis en corrélation l'univers olympique de W avec l'attentat de Munich en 1972, qui d'après lui en serait l'une des sources[2]. Or Perec a bien mentionné les événements de Munich, mais pour se préoccuper du « sort des Palestiniens[3] ». Munich représente à la fois le monde olympique, l'exaltation du sport qui se dit apolitique et fraternel, la violence, la politique — mais l'événement est postérieur de deux ans à l'achèvement du feuilleton, qui en serait donc une sorte d'anticipation...

2. Robert Misrahi, « *W*, un roman réflexif », *L'Arc*, n° 76, 3ᵉ trimestre 1979, p. 85. Voir Dossier, p. 216.

3. *Cause commune*, n° 4, novembre 1972, débat sur la violence. Voir Dossier, p. 217.

3. LIRE ROUSSET OU WIESEL ?

Qu'en est-il donc de son rapport et à la judéité et à Israël, deux points qu'il importe de ne pas confondre ? Sans doute ne faut-il pas accorder trop d'importance à l'expérience négative de son voyage en Israël, à l'âge de seize ans : il « aurait confié à l'un de ses professeurs que jamais il ne retournerait en Israël parce qu'il avait " rencontré là-bas des gens qui ressemblent à ceux qui ont tué ma mère. Je ne vivrai jamais dans un pays de scouts[1] ! " ». Plus troublant sans doute : quand Jacques Lederer entame une relation avec une jeune femme rescapée d'Auschwitz, Perec lui écrit sévèrement : « *Ça* ne concerne que *nos* parents — ça l'a concernée, elle. Dans ce cas-là on ne parle plus de névrose [...] ni de " cas ". Il valait mieux en fait crever à Auschwitz qu'en revenir — Lis donc Grousset *[sic]*, *L'univers concentrationnaire* et *Le pitre ne rit pas...* » mais il ajoute . « Demande-lui donc si elle a connu Cyrla Szulewicz, femme Perec[2]. »

1. David Bellos, *op. cit.*, p. 137.

2. *GP/JL*, 12 mai 1958, p. 247-248.

Le conseil de lecture a son importance. Perec ne lit pas des témoignages écrits par des Juifs déportés en tant que tels, mais des témoignages de déportés politiques : David Rousset, qu'il cite à la fin de *W*, Micheline Maurel, Robert Antelme, Jean Cayrol. Ces choix ont surpris : c'est ainsi que David Bellos reproche à Perec d'avoir choisi *L'espèce humaine* plutôt que... *Le dernier des Justes* d'André Schwarz-Bart (Goncourt 1959) ou *La nuit* de Wiesel (1958), en l'interprétant ainsi :

« *L'espèce humaine* fournissait ainsi à Georges une approche oblique de son propre chagrin, et même le consolait en le confortant dans la conviction qu'il avait que l'écriture était une réponse morale appropriée. C'était en somme un ouvrage qui respectait, comment dire ? la distance affective et intellectuelle qui convenait à Perec. Elie Wiesel devait par contre lui sembler beaucoup trop " proche "[1]... »

1. David Bellos, *op. cit.*, p. 298-299.

C'est méconnaître la radicale différence qui sépare Wiesel de Perec : à la fois parce que Wiesel, tout jeune, a connu la déportation, parce qu'il en a fait la matière de toute son œuvre, mais peut-être aussi et surtout parce que l'axe de son œuvre est la judéité et l'Holocauste, alors que pour Perec, malgré l'importance terrifiante de l'Holocauste sur sa vie, son œuvre se construit dans une tentative de trouver des réponses ailleurs.

4. « UNE ÉVIDENCE MÉDIOCRE »

Perec, dans la mesure où il est proche du marxisme, est loin à la fois de la religion juive et du sionisme, comme toute la gauche communiste dans laquelle se fait sa formation intellectuelle. Il n'en reste pas moins que, de ce point de vue aussi, *W* représente un tournant dans son œuvre. Entreprendre le récit d'une vie d'enfant ravagée par l'Holocauste, même et surtout si celui-ci reste largement implicite, place au centre de la fiction ce que Perec appellera dans *Récits d'Ellis Island* « ce que ça me fait que d'être juif ». Il l'a reconnu dans un entretien :

« J'ai commencé à me sentir juif lorsque j'ai entrepris de raconter l'histoire de mon enfance et lorsque s'est formé le projet, longtemps différé mais de plus en plus inéluctable, de retracer l'histoire de ma

1. Entretien avec Jean-Marie Le Sidaner, *L'Arc*, n° 76, 3ᵉ trimestre 1979, p. 9.

famille à travers les souvenirs que ma tante m'a transmis[1]. »

Mais, de même que l'autobiographie de *W* se caractérise par sa pauvreté, son caractère fragmentaire et aléatoire, « se sentir juif » pour Perec ne sera jamais, comme pour d'autres, un ancrage positif :

« C'est une évidence, si l'on veut, mais une évidence médiocre, qui ne me rattache à rien ;

ce n'est pas un signe d'appartenance, [...]

ce serait plutôt un silence, une absence, une question, une mise en question, un flottement, une inquiétude [...]

Quelque part, je suis " différent ", mais non pas différent des autres, différent des " miens " :

Je ne parle pas la langue que mes parents parlèrent[2]... »

2. *Récits d'Ellis Island*, *op. cit.*, p. 43-44. Voir le Dossier, p. 177.

Ressentiment contre son origine juive, qui a voué ses parents à la mort et a fait de lui un orphelin ? Impossibilité de se défaire du mutisme qui lui a été imposé pendant la guerre, de l'obligation d'oublier ce qu'il était ?

« Elle avait très peur [...] que je ne dise quelque chose qu'il ne fallait pas que je dise et elle ne savait comment me signifier ce secret que je devais garder » (p. 77).

Ici encore, la traversée du fantasme olympique a non seulement permis d'écrire l'autobiographie, mais va ouvrir sur d'autres œuvres, où la question est abordée de front (*Récits d'Ellis Island*), où elle cesse d'être mortelle, sans pour autant cesser d'être vitale.

XIII. LE FONCTIONNEMENT CRIMINEL DES SOCIÉTÉS

Les toutes dernières lignes de *W*, après la citation de David Rousset, rompent à plusieurs titres avec tout ce qui précède :

« J'ai oublié les raisons qui, à douze ans, m'ont fait choisir la Terre de Feu pour y installer W : les fascistes de Pinochet se sont chargés de donner à mon fantasme une ultime résonance : plusieurs îlots de la Terre de Feu sont aujourd'hui des camps de déportation. » (p. 222).

Conclusion qui a déconcerté, voire choqué, certains lecteurs : est-il légitime d'établir un rapport entre deux événements historiques bien distincts ? de conclure le fantasme de W et le souvenir d'enfance par un fait emprunté à l'actualité des années soixante-dix, qui n'a rien de commun avec aucun des deux récits ? enfin, peut-on déstabiliser le texte par cette intrusion radicale d'un hors-texte ?

La question oblige précisément à s'interroger à neuf sur le sens de l'univers W. Certes, le fantasme de W est né de ce qui a tué le père et la mère, et la plupart des commentateurs ont lu la fiction *W* comme une allégorie du nazisme. Mais n'est-elle que cela ? De même que Perec se définit à la fois comme juif et absent à la judéité, ne peut-on voir *W* comme une métaphore, beaucoup plus générale, de l'inhumanité potentielle de la société ?

1. *W* COMME ALLÉGORIE DU NAZISME

L'équivalence s'est imposée, pour maintes raisons : d'abord parce que l'autobiographie de l'enfant n'est que trop évidemment en relation avec le nazisme, ensuite parce que la fiction *W* comporte nombre d'éléments pouvant évoquer le IIIe Reich : exaltation de l'idéal olympique, allusion aux Jeux olympiques de 1936, propagande enthousiaste masquant une réalité sinistre, mots allemands, tenues rayées des « sportifs » squelettiques, etc. Et le roman, on s'en souvient, se termine par une évocation explicite des « restes » d'un camp d'extermination (p. 220). On peut penser aussi que, si la description de W était, au départ, conçue comme une utopie, progressivement, le mouvement même de l'écriture aurait amené Perec à décrire non pas un univers futur et imaginaire, mais un univers passé et trop réel. Citons, parmi bien d'autres interprétations du même ordre, l'analyse de Judith Klein :

« *W* est une phénoménologie de la terreur fasciste. Les mécanismes politiques et psychiques du fascisme y sont symbolisés précisément comme l'horreur du camp de concentration. Les buts et les implications de la terreur sont ici mis à nu sans en oublier aucun, l'un après l'autre : pas à pas, la terreur de plus en plus aiguë, la domination totale sur les hommes, l'anéantissement organisé avec méticulosité, le pouvoir absolu des maîtres et la menace de mort toujours présente [...] la réduction de l'individu à un être entièrement conditionné, à un " paquet de réflexes conditionnés ", qui ne réagit plus qu'à l'expérience du choc et n'obéit plus qu'à son instinct de conservation[1]... »

1. Judith Klein, *Rekonstruktion und Antizipation* : « *W ou le souvenir d'enfance* » *von Georges Perec* (1975), in *Literatur und Genozid. Darstellungen der nationalsozialistischen Massenvernichtung in der französischen Literatur*, Wien, Köln, Weimar, Bohlau Verlag, p. 151 (traduit par nous).

Toutefois, un certain nombre de traits séparent W de l'univers historique du nazisme. Tout d'abord, la société W ne pratique pas le génocide : si elle élimine à la naissance une fille sur cinq, ceux des garçons qui présentent une infirmité, et voue à la mort les vaincus, ce n'est pas sur des critères de race, puisque les habitants de W sont tous des *Wasp* (p. 95). D'autre part, les « restes » décrits dans la Forteresse désertée appartiennent bien à l'univers concentrationnaire, mais sont incompatibles avec l'univers W : ainsi les « alliances » sont un objet dépourvu de sens dans le monde où l'accouplement sauvage des Atlantiades se substitue à toute forme de contrat conjugal[2]. Mais surtout, proposer une équivalence entre l'utopie perecquienne et le nazisme, c'est s'interdire de voir la complexité de la fiction.

2. Geneviève Mouillaud-Fraisse, « *W*, la malédiction », in *Les fous cartographes*, L'Harmattan, 1995, p. 175.

2. QUE PEUT LA LITTÉRATURE ?

Un phénomène historique peut s'interpréter, et la littérature — c'est du moins ce que pensait le jeune Perec — a pour devoir de nous aider à ce déchiffrement. Or, l'univers W, d'une certaine manière, est incompréhensible. « La rigueur des institutions n'y a d'égale que l'ampleur des transgressions dont elles sont l'objet. [...] La Loi est implacable, mais la Loi est imprévisible » (p. 157).

On est tenté de rapprocher cette description des critiques que Perec adressait naguère au Nouveau Roman :

« Ce monde impénétrable, indéchiffrable (parce qu'il n'y a rien à déchiffrer), il est évident qu'on ne peut ni le changer ni le transformer[1]. » Cette ironie envers le Nouveau Roman, ne pourrait-on la retourner contre *W* ? Dans le même sens, lorsque Perec exige de la littérature qu'elle ait une dimension temporelle et historique[2], cette exigence ne fait-elle pas contraste avec le caractère atemporel, statique, de *W* ? Enfin, sa fiction n'encourt-elle pas le reproche qu'il adressait au Nouveau Roman, qui d'après lui

« confond la description d'un monde " déshumanisé " (l'expression est de Lucien Goldmann) avec la description déshumanisée du monde, un peu comme s'il confondait une description de l'ennui avec une description ennuyeuse. À aucun moment, il ne cherche à comprendre et à surmonter[3] » ?

Précisément, dans *W*, pas plus qu'il n'a proposé d'interprétation psychanalytique de son enfance, il ne propose d'explication de la société décrite. Il en fait l'ethnologie, ou plutôt, comme le dit Judith Klein, la « phénoménologie ». Le caractère incompréhensible de la société W ne relève pas d'un refus de comprendre : il procède de deux raisons.

3. CHIFFRER L'INDÉCHIFFRABLE

La première est d'ordre esthétique. Décrire une société monstrueuse de façon neutre,

1. « Le Nouveau Roman et le refus du réel » (1962), in *L.G.*, p. 34.

2. « Pour une littérature réaliste », *ibid.*, p. 56 et *passim*.

3. *Ibid.*, p. 57.

sans dire ce qui l'a produite, sinon sous forme de légendes contradictoires (p. 94-95), c'est placer le lecteur dans la position même des victimes de cette société : ne pouvant se raccrocher à aucune causalité rassurante, à aucune instance extérieure, il se trouve prisonnier de l'univers W au même titre que ses habitants, sans rien y comprendre, sans rien y pouvoir. Ce qui caractérise les habitants de W, c'est moins leur vie menacée que l'arbitraire qui la régit : c'est pourquoi ils se livrent aux pratiques magiques, aux superstitions (p. 218-219), car aucune conduite rationnelle ne peut être programmée dans un univers dont la Loi change constamment.

La seconde raison est d'ordre philosophique. Si l'univers W est incompréhensible pour ceux qui y vivent, il n'est pas pour autant inexplicable, il n'est pas « cette brume insensée où s'agitent des ombres ». Et Perec, en écrivant *W*, a voulu non pas seulement donner une métaphore du nazisme, mais plus généralement tracer le modèle théorique d'une société totalitaire, qui se définit par l'élimination de toute contradiction, de toute différenciation :

« Le sport tient dans *W* une place analogue à celle du politique dans le système totalitaire : si tout est politique, si se trouvent effacées les limites qui donnaient une relative autonomie à différents secteurs de la vie en société, alors disparaît aussi le politique comme tel, comme espace de discours susceptibles d'être confrontés au réel, et comme lieu de reconnaissance de la division sociale et du conflit[1]. »

1. Geneviève Mouillaud-Fraisse, *art. cit.*, p. 179.

1. *Cf. L.G.* et en particulier la préface de Claude Burgelin, p. 7-23.

Or Perec s'est longtemps référé à une analyse sociale d'inspiration marxiste, et cela bien des années après la disparition du projet de *La Ligne générale*[1], puisqu'en 1972, deux ans après avoir terminé le feuilleton, il écrit encore :

« La violence est la seule vérité du capital, son unique instrument, son unique recours (il n'est pas superflu de redire cette vérité élémentaire : tout ce que nous savons sur le monde des camps semble n'avoir pas suffi à la faire apparaître, tant il est vrai qu'il faut encore et toujours répéter que les camps ne sont pas, n'ont jamais été une exception, une maladie, une tare, une honte, une monstruosité, mais la seule vérité, la seule réponse cohérente du capitalisme[2]. »

2. Georges Perec, « L'orange est proche », *Cause commune*, n° 3, 1972. David Bellos, qui cite également cet article (p. 513), y voit un « genre de fantasme paranoïde » : Bellos ne peut pas comprendre que Perec, juif, voie en Auschwitz autre chose qu'une question juive.

Mais ce principe d'explication défaille sur deux points. D'abord, ce que montre à l'évidence la société W, c'est que l'homme est peut-être mauvais. Cette idée, aux antipodes de la foi progressiste, Perec la découvre peut-être en constatant en lui-même des capacités de haine, de volonté de destruction, de désir de faire souffrir, d'anéantir. L'univers de tortures qu'il décrit, il ne l'a certes pas créé *ex nihilo*, mais c'est tout de même bien lui qui l'écrit, qui le fait naître sur le papier. Peut-on écrire *W* sans s'être interrogé au plus profond de soi sur les obscurités que chacun recèle ?

D'autre part, la description de W, dans la mesure où elle se présente comme une utopie totale, sans contradictions ni failles, et par là meurtrière, est une machine de guerre contre tout système d'interprétation totali-

sant. Si la société W est démente et criminelle, c'est parce qu'elle tente d'éliminer
toute altérité.

CONCLUSION

« Il s'agit de relier entre eux mes différents
livres, de fabriquer un réseau où chaque livre
incorpore un ou plusieurs éléments venus
d'un livre antérieur (ou même postérieur) :
d'un livre encore en projet ou en chantier »,
affirmait Perec dans un entretien[1]; mais
aussi : « Je n'ai jamais écrit deux livres semblables, je n'ai jamais eu envie de répéter
dans un livre une formule, un système ou
une manière élaborés dans un livre précédent[2]. » Mise en garde pour le lecteur : il ne
doit pas chercher à tout prix une continuité
entre les livres de Perec, mais tenter de repé-
rer, au-delà de leur diversité générique, une
sorte de convergence, tout en respectant la
spécificité de chacun.

1. Entretien avec
Jean-Marie Le Si-
daner, *op. cit.*, p. 5.

2. « Notes sur ce
que je cherche »,
P/C, p. 9.

RÉCURRENCES

Thème de mort dans les titres des deux
romans lipogrammatiques (*La disparition,
Les revenentes*), pages blanches au milieu du
Condottiere ou chapitre manquant de *La disparition* qui auront pour équivalent la page
(...) de *W*, emploi du conditionnel dans le
premier chapitre des *Choses*, il ne manque

pas d'éléments formels ou thématiques pour assurer cette continuité avec les livres antérieurs. De même, en aval, *W* continue à irradier l'œuvre ultérieure : certains souvenirs de la fin de *W* se retrouveront dans *Je me souviens*, les motifs du naufrage, de la Terre de Feu, etc., dans *La vie mode d'emploi* et *Un cabinet d'amateur*... Et on se souvient que, dans *La vie mode d'emploi*, le dernier puzzle que Bartlebooth tente de reconstituer, en une sorte de crime parfait, comporte un vide en forme de X, mais que la dernière pièce qu'il tient entre ses mains a la forme... d'un W. La régularité maniaque de Bartlebooth, cette rigidification de toute sa vie renvoient également au système W, où tout est réglé par des lois implacables. « *53 jours* », roman en miroir, dont la seconde partie défait la première, présente un mécanisme analogue à *W*, puisque la seconde partie du roman d'aventures déjoue les attentes du lecteur en n'utilisant presque aucune des données fournies dans la première partie. « *53 jours* » comporte aussi quelques détails autobiographiques, mais tous postérieurs à l'époque racontée dans *W* : « ... les tristes retours en train du dimanche soir » (p. 35), « ... ces heures grises et fétides, cette vie de petite prison » (p. 38), font référence au pensionnat d'Étampes. Et le roman reprend également le motif de la disparition et de la mission, qui inaugurent l'aventure du faux Gaspard Winckler.

RUPTURE

Il paraît plus important de souligner que *W* constitue une coupure importante dans l'œuvre de Perec. En 1975, avec sa publication, il termine sa psychanalyse (il n'en fera plus d'autre), abandonne le projet de *Lieux*, et de façon générale met fin à tout projet directement autobiographique.

Publié la même année, *Les lieux d'une fugue* prend apparemment le relais d'un récit de vie là où *W* s'arrête, c'est-à-dire la fin de la guerre, le retour dans un Paris où l'enfant ne se reconnaît pas : c'est la treizième année, les frictions (non dites) avec la famille adoptive, la fugue, et l'émergence finale de la première personne après tout un texte écrit à la troisième personne. Mais ce texte est en fait antérieur (il est daté de mai 1965).

W est à la fois le livre le plus personnel de Perec, celui où il s'est le plus livré, et le plus original par son dispositif. Certes, il exige beaucoup du lecteur. Mais l'effort demandé n'est pas sans récompense. Certains, on le voit dans le dossier de presse, jugent le livre « fastidieux », d'autres, plus attentifs, s'y trouvent néanmoins mis à la torture, que ce soit par le thème poignant du livre ou par la complication de l'alternance[1]. Telle n'est pas notre expérience, et nous espérons avoir fait partager, sans pour autant atténuer le message du livre, contre « Le Bourreau Veritas », la joie de découvrir, ligne après ligne, une histoire et l'Histoire.

« Le moyen fait partie de la vérité[2]... »

1. *Cf.* Philippe Lejeune, « Le Bourreau Veritas », *CGP*, n° 1, p. 101-104, repris in *La mémoire et l'oblique, op. cit.*, p. 61 *sqq.*

2. Début d'une citation de Karl Marx, que Perec place à la fin des *Choses* (Julliard, coll. « Les Lettres Nouvelles », 1965).

DOSSIER

I. REPÈRES BIOGRAPHIQUES

(D'après David Bellos, *Georges Perec. Une vie dans les mots*, Éditions du Seuil, 1994.)

1936	Naissance de Georges Perec, le 7 mars, à Paris. Ses parents, Icek Perec, né en 1909 à Lubartow (Pologne), et Cyrla Perec, née Szulewicz, en 1913 à Varsovie (Pologne), sont juifs polonais. Georges, né en France, est déclaré français.
1940	Icek Perec, engagé volontaire dans un régiment d'étrangers, meurt le 16 juin d'une blessure qui ne fut pas soignée à temps : le régiment étranger où il s'était engagé (12ᵉ R.E.I.), laissé en arrière pour subir le choc de l'avancée allemande, fut décimé.
1941	Georges Perec est évacué par la Croix-Rouge à Villard-de-Lans. Il vit dans une pension religieuse puis avec sa grand-mère jusqu'à la fin de la guerre.
1943	Cyrla Perec, prise dans une rafle, est déportée vers Auschwitz le 11 février.
1945	Georges Perec est pris en charge par la sœur de son père, Esther, et le mari de celle-ci, David Bienenfeld ; il n'est pas « adopté » mais David devient son tuteur légal. Il vit désormais à Paris, 18, rue de l'Assomption (XVIᵉ).
1946-1954	Études à Paris, au lycée Claude-Bernard, puis en internat au collège d'Étampes. Il suit une psychothérapie avec Françoise Dolto (1949) : d'après Perec, c'est à la suite d'une fugue (en 1947 ou 1948) ; d'après David Bellos, la fugue a lieu quand il est déjà en thérapie (p. 118).

Été 1952	Il passe les vacances en Israël, chez son oncle Léon Peretz, puis dans un kibboutz avec son cousin Uriel. Expérience qu'il relate de façon assez négative.
1954	Hypokhâgne à Paris, puis début d'études d'histoire.
1955	Jean Duvignaud, qui avait été son professeur à Étampes, lui permet de collaborer à la *N.R.F.* et lui fait rencontrer Maurice Nadeau.
	Entre l'été 1955 et février 1956, il écrit son premier roman, *Les errants*. (Ce manuscrit, lu et critiqué par Duvignaud et Jacques Lederer, est perdu.) Phase de dépression.
1956	Psychanalyse avec Michel de M'Uzan. Le 1er novembre, Perec se rend sur la tombe de son père (*W*, p. 58). En décembre, il quitte la rue de l'Assomption. Il travaille à mi-temps comme documentaliste, collabore à la revue de Nadeau, *Les Lettres Nouvelles*, fréquente les comités de rédaction des *Temps modernes* et d'*Arguments*.
1957	Voyage en Yougoslavie, à Sarajevo et à Belgrade. Il écrit *L'attentat de Sarajevo*, qu'il soumet à divers éditeurs, sans succès.
De décembre 1957 à 1959.	Service militaire à Pau, dans les parachutistes, au 18e R.C.P. Fils d'un soldat mort pour la France, Perec ne peut être envoyé dans une zone de combat (donc en Algérie). Le décret spécifiant que Cécile, « si elle avait été de nationalité française, [...] aurait eu droit à la mention " Mort pour la France " » (*W*, p. 62), l'aurait exempté de tout service militaire, mais il n'intervient qu'en novembre 1959 : à cette date, Perec n'a plus que quatre mois de service à effectuer.
	Il travaille à un roman intitulé *Gaspard*, « texte en deux parties, dont l'une " défait " ou déconstruit

l'autre » (p. 215), structure qui se retrouve entre autres dans *W* et dans « *53 jours* ». En mai 1959, Gallimard lui propose un contrat pour un roman intitulé *Gaspard pas mort*.

1959-1963 Projet de revue, *La Ligne générale*. Collabore aux *Lettres Nouvelles*, à *Partisans*. Il remanie *Gaspard*, désormais intitulé *Le condottiere*, histoire d'un faussaire.

1960 Au printemps 1960, il achète un appartement rue de Quatrefages, avec l'argent versé par l'Allemagne au titre des dédommagements de guerre. Enquêtes de marché. Mariage avec Paulette Pétras. En octobre, Gallimard refuse *Le condottiere*. Ce manuscrit, ainsi que celui de *L'attentat de Sarajevo*, longtemps crus perdus, ont été retrouvés par David Bellos.

1960-1961 Séjour d'un an en Tunisie : Paulette enseigne ; Perec rédige un nouveau roman, *J'avance masqué*, refusé par Gallimard.

1961 Il est embauché comme documentaliste dans un laboratoire de recherche du CNRS. Il y restera jusqu'en 1978.

1963 Perec travaille à un roman, *La grande aventure*, qui après plusieurs versions deviendra *Les choses*. Il suit les séminaires de Roland Barthes et de Lucien Goldmann. Barthes lit une des versions du roman et l'encourage.

1964 Gallimard refuse le roman, Nadeau l'accepte à condition qu'il soit remanié.

1965 *Les choses* paraît chez Julliard, dans la collection « Les Lettres Nouvelles » dirigée par Nadeau. Succès public, prix Renaudot.

Février 1966 *Quel petit vélo à guidon chromé au fond de la cour ?* (Denoël) obtient peu d'articles et peu d'écho.

1967	Adhésion à l'Oulipo (Ouvroir de littérature potentielle). *Un homme qui dort*. Perec interroge sa tante Esther sur l'histoire de sa famille et commence à écrire *L'arbre*. En octobre, il va à Venise pour un colloque de l'Unesco : « Il y a sept ans, un soir, à Venise... » (*W*, p. 18). *Die Maschine*, pièce radiophonique en allemand, avec Eugen Helmlé, enregistrée en 1968.
1968	Travaille à *La disparition*, paru en 1969. Le livre déroute les critiques et la plupart des lecteurs. À partir de janvier 1969, travaille au projet des *Lieux*.
1969-1970	Feuilleton *W* dans *La Quinzaine littéraire*.
Mai 1971	Commence une analyse avec J.-B. Pontalis, qui durera quatre ans.
Novembre 1972	Présente à l'Oulipo le projet de *La vie mode d'emploi*.
1973	Tournage du film *Un homme qui dort* avec Bernard Queysanne. En mars, il annonce à Nadeau qu'il va « bientôt reprendre — et finir — *W* » (p. 543). Parution de *La boutique obscure*.
1974	*Espèces d'espaces*. Perec achève la rédaction de *W*.
1975	Parution de *W ou le souvenir d'enfance*. Fin de l'analyse. Abandon de *Lieux*.
1976	Perec commence à rédiger *La vie mode d'emploi*. Il publie les premiers *Je me souviens* dans la revue *Les Cahiers du Chemin* (Gallimard) et réalise le court-métrage *Les lieux d'une fugue* (INA) d'après une nouvelle écrite en 1965.
1977	« Les lieux d'une ruse », sur son analyse (*Cause commune*, n° 1, 1977).
1978	*La vie mode d'emploi*, prix Médicis. Perec écrit le scénario de *Série noire* (film d'Alain Corneau).
1979	*Récits d'Ellis Island*, film (INA), réalisation de Robert

Bober, texte de Perec. Le livre, illustré de photographies extraites du film, paraîtra l'année suivante aux Éditions du Sorbier. *Un cabinet d'amateur*, *Le voyage d'hiver*.

1980   Traduction du *Naufrage du stade Odradek* de Harry Mathews.

1981   Voyage en Australie. Travaille à « *53 jours* ».

1982   Le 3 mars, mort de Georges Perec, d'un cancer des bronches. Il aurait eu quarante-six ans le 7 mars.

II. TEXTES « PRÉPARANT » W

1. LE PREMIER *GASPARD*

De ce premier roman de Perec, ne subsistent que des fragments :

Le premier est l'autobiographie de Gaspard Winck-ler, un petit gars de Belleville, qui a fait son apprentissage de charpentier mais est devenu pickpocket et s'apprête à encaisser son premier million en enlevant « Régis D. ». Son père est mort en 1940 ; sa mère a eu une liaison avec un officier avant de disparaître en Allemagne en 1945 [...]. Dans un troisième fragment, l'identification auteur-personnage est encore plus forte, puisque la mère de Gaspard y disparaît dans une rafle de la Gestapo rue de l'Ermitage, tout près de la rue Vilin. Gaspard (le livre perdu) et Gaspard (le personnage) sont explicitement raccordés au Belleville du passé de Perec et ressemblent à autant de tentatives de sa part pour évacuer une suite complexe de sentiments d'hostilité et de culpabilité liés au père et à la mère, et plus encore à lui-même — orphelin devenu escroc, faux charpentier, faussaire de talent.

David Bellos, *Georges Perec. Une vie dans les mots*, Éditions du Seuil, pour la traduction française, 1994, p. 217-218.

2. AVANT-TEXTES

Ces avant-textes sont de deux ordres : soit brouillons plus ou moins élaborés, préparant directement le feuilleton *W*, soit souvenirs déjà rédigés dans le cadre de *Lieux* (le projet évoqué dans le chapitre « La question autobiographique ») et préparant la partie autobiographique.

Ewa Pawlikowska a étudié certains feuillets manuscrits de *W*, notamment sous l'angle de la graphie :

Le tracé autographe reproduit les hésitations du scripteur qui oscille entre une écriture extrêmement serrée ou relâchée au gré des souvenirs d'enfance [...]. C'est une écriture qui s'étend en fragments — déliée, large ou lorsqu'il est question de repères autobiographiques particulièrement importants, elle devient un segment compact, un îlot de texte [...]. Ces *bribes* sont constamment matérialisées sur les feuillets manuscrits. Elles « flottent » sur l'espace de la page comme si elles n'avaient pas de points d'ancrage, disloquées, tels des morceaux détachés d'une écriture d'un *naufragé*. Le tracé mime le discours autobiographique, reflète [...] l'impossibilité du scripteur, à ce stade de la genèse du texte, à lui donner un caractère compact.

Ewa Pawlikowska, « Insertion, recomposition dans *W ou le souvenir d'enfance* de Georges Perec », *in* Béatrice Didier et Jacques Neefs (dir.), *De Pascal à Perec. Penser, classer, écrire*, Presses Universitaires de Vincennes, 1990 p. 172-173.

AVANT-TEXTES DES PREMIERS SOUVENIRS

Les avant-textes qui suivent proviennent du projet de *Lieux* ou de divers manuscrits du Fonds Perec ; ils ont été publiés par Philippe Lejeune, *La mémoire et l'oblique*, P.O.L, 1991. Les indications de pages, dans le corps du texte, renvoient à cet ouvrage.

Je n'ai de mes parents que deux souvenirs improbables : mon père m'aurait, un jour, donné une clé d'or ; ma mère en m'accompagnant à la gare de Lyon en 1942 m'aurait acheté un Charlot : Charlot parachutiste (sur la couverture en couleurs, les suspentes du parachute ne sont autres que les bretelles du pantalon de C.).

[Non daté.]

Tout ce que je sais d'autre (et ce sont fort peu de choses) vient de rares photographies ou de ce que ma tante, la sœur de mon père, a pu me dire [p. 80].

Mon père est ouvrier serrurier. Il revient un soir de son travail et me donne une clé.

On sait au moins de ce souvenir qu'il fut néces-

Lieux n° 15, 22 août 1969.

sairement inventé, puisque mon père n'a jamais été ouvrier serrurier, encore qu'il soit exact qu'il fut, un moment « tourneur sur métaux ». Son évocation et son développement constituèrent un des pivots de ma psychanalyse, ce qui n'a rien d'étonnant, mais ce fut, je crois, un pivot assez pauvre [p. 214].

[...] il reste inconcevable que je n'ai aucun souvenir de la rue Vilin où j'ai dû, pourtant passer l'essentiel des sept (ou six) premières années de ma vie ; j'insiste sur cet « aucun » cela signifie aucun souvenir des lieux, aucun souvenir des visages. L'énumération qui suit est une énumération de phantasmes, petites scènes mi-réelles, mi-inventées (ou bien les unes un peu réelles, les autres totalement inventées) dans lesquelles j'apparais (comme bébé, bambin, enfant, sans corps ni visage définis) au milieu d'êtres sans visages, comme des personnages de Chirico :

— — —

je joue dans une arrière-cuisine, coin sombre ; je « lis » des vieux journaux en yiddish. Ma grand-mère (?) m'apprend à reconnaître une lettre, quelque chose comme « dalaith » (ou gimmel ? ou yod ?) dont

la forme serait soit proche du delta grec δ

soit analogue à deux croches ♫

entrée de personnages s'extasiant sur ma facilité à apprendre (?) [p. 216-217].

Je me souviens aujourd'hui d'une scène, rue Vilin (mais je ne sais si c'était chez mes parents ou chez mes grands-parents) : j'ai 4 ans (mettons), je suis assis par terre au milieu d'un tas de jnx (journaux) Yiddish et je reconnais une lettre (je m'obstine à l'appeler Yod et à la dessiner ainsi

♫

Lieux n° 37, 21 juillet 1970.

sans avoir jamais ni vérifié qu'une telle lettre existait, ou un tel dessin (je pourrais aussi l'appeler gameth [gamète] [! ?]) ni recherché les associations qu'un tel dessin (menotte, notes de musique, etc. ?) pourrait susciter, ou un tel nom (yod, youd évidemment) ; des voisins s'extasient (ou ma gd-mère) sur ma précocité. Ce qui m'étonne c'est pas tant que j'ai pu être précoce (je n'ai jms douté de mon intelligence) mais que ce souvenir ne correspond à rien : le lieu n'existe pas (non seulement il est en démolition mais je ne l'ai jamais « habité ») ; la lettre n'existe pas (je ne l'ai jamais employée) [p. 217].

AVANT-TEXTES DU FEUILLETON
(Voir ci-après les pages 166 à 170.)

LE PROJET ABANDONNÉ DES TROIS SÉRIES
(Voir ci-après la page 171.)

3. APRÈS-TEXTE

Il en va de la rue Vilin comme de la rue de l'Assomption : cette année je n'ai pas envie de m'en souvenir, sans doute parce que c'est cette année que j'ai écrit *W*.

Lieux n° 115, 31 décembre 1974.

Il faut pourtant que je note ce vrai ou faux souvenir retrouvé : le matin j'allais dans le lit de mes parents ; ma mère se levait mais mon père qui avait été aux Halles pendant la nuit somnolait encore. Mon jeu favori consistait à plonger entièrement sous les draps et à aller toucher les pieds de mon père, chaque fois avec de grands éclats de rire [p. 221.]

Ce souvenir non relaté ailleurs se retrouve dans le roman de Robert Bober, *Quoi de neuf sur la guerre ?* (Voir Dossier, p. 225).

un yacht qui fait naufrage

ses passagers

les recherches vaines

----

l'équipe de protection AA2 le trouva sur la plage du
nord ; ils le ramassèrent, le conduisirent à l'infirme-
rie ; le Dr X était de garde ce jour-là ; l'état du blessé
était alarmant ; c'était un jeune garçon d'une dou-
zaine d'années environ ; X le fit immédiatement
transporter à l'hôpital central ; les chirurgiens qui
l'examinèrent furent longtemps hésitants ; l'enfant
avait été sans doute projeté, avec une violence
inouïe, hors du canot de sauvetage où tous les
passagers du yacht avaient pris place et qui avait été
déchiqueté par les récifs de protection ; sa tête avait
~~frappé~~ heurté un des rochers du littoral ; la boîte
crânienne semblait intacte ; mais de multiples fractures...

[Document n° 3.] — Feuille 21 x 27
à petits carreaux, simple,
dactylographiée (le mot « frappé »
a été barré par Perec).

(...)
je reçus un jour la lettre suivante

le Dr

(Le phare)

le garçon que l'on recherche est le chef de W. Mais
il en est l'individu le + misérable (!?)

le langage de la machine :
elle parle par aphorismes sportifs
qu'un prêtre (arbitre)
interprète

[Document n° 4.] — Feuille 21 x 27
simple, petits carreaux, encre bleue ;
après un argument du début de W
(« Le phare » a été entouré par Perec).

- Sa vie à lui

- l'enfant meurt
  (il semble n'avoir jms grandi)

- on apprend qu'il était
  le maître de l'Île

- [Il] revient
  cherche le Dr, en vain

avant   Entretien
         Histoire de l'enfant
         Précédents   Histoire du Phare   La Nef des fous
         Préparatifs, départ pour ~~W.~~ La Terre de Feu
         Visite de quelques îlots   montagnes glaces brumes
                                        bloc de basalte

         Arrivée à W
         ~~La prison~~ *Premières découvertes Citius Altius Fortius*
         Arrestation
         Prisons
         le défi
         le match
         les 4 villages   les baraquements
         l'administration
         La Machine
         l'Éducation
      ⌈ les maisons de jeune
      | L'Atalante
      ⌊ La société des arbitres (Hellanodeas)
         les failles du système
?   les cuisiniers (les Corebiens) de Coroebos
×   le langage
×   l'euthanasie
         les opposants
×   les castes
         le journal
         le Stade :   Leonidaion   (logt des athlètes)
                    Theokole   ([−] des chrono)
                    Bouleutere   (jury)
                    Prytanée   (entretien...)
         le fleuve Kladeos
         Histoire de W
         • Chambres vides
         • Sourd muet (?)
         Épilogue [?]

Il y aurait, il y aura, il y a, là-bas, à l'autre bout du monde, une île.

Elle s'appelle W.

Il y arrivera, un jour, peu importe quel jour, peu importe comment. Peut-être prendra-t-il un cap-hornier, ou un langoustier, ou un hydravion. Peut-être se joindra-t-il à une troupe ambulante, ou à une caravane de marchands, à une équipe de prospecteurs, à une expédition polaire. Rien de tout cela n'a d'importance. Il y arrivera, un jour, peut-être l'aura-t-il cherchée pendant des semaines, des mois, des années, peut-être a-t-il tourné tout autour sans savoir que c'était là, peut-être s'est-il réveillé toutes les nuits en proie à d'impalpables cauchemars, peut-être croira-t-il mourir de faim, de soif, de froid, peut-être se traînera-t-il, les vêtements lacérés par le vent

	A : W		B : S. d'E		C : Intertexte
1	1	Prologue	2	Ma naissance	3	l'irrécupérable
2	4	La lettre	5	Mon père	6	textes anciens 1
3	7	Otto A.	8	Les Peretz	9	textes anciens 2
4	10	Gaspard 1	11	Ma mère	12	Photos, 1
5	13	Gaspard, 2	14	Les Szulewicz	15	Photos, 2
6	16	la mission	17	L'enfance à Paris	18	Venise
7	19	W, 1	20	le départ	21	Psychothérapie
8	22	les villages	23	Villard, 1	24	Dessins
						14 dessins ou groupe de dessins
9	25	les épreuves	26	Le collège Turenne, 1	27	interprétations
10	28	Victoires	29	" ", 2	30	la coupure
11	31	les noms	32	de Villard à Lans	33	difficultés à écrire
12	34	les défaites	35	à Villard	36	lettre à Nadeau
13	37	Spartakiades	38	la fin de la guerre	39	Notes
14	40	les femmes	41	le retour à Paris	42	le sport
15	43	Atlantiades	44	Découvertes	45	Dessins, 2
16	46	les enfants	47	Fugue	48	φ analyse
17	49	les novices	50	Dolto et W	51	l'écriture
18	52	officiels et mulets	53	Sur la tombe de mon père	54	l'osmose
19	55	le monde W	56	?	57	Mise en place, mise en page

[Document n° 17.] — Dans la troisième colonne,
le mot « Venise » surcharge « dessins » au chapitre 18.
Comme on le voit sur le fac-similé ci-dessus,
de nombreux mots sont barrés : à l'encre pour les rubriques 1
à 13, 2 à 14, 3 à 15 et 53.
Sont barrées au crayon les rubriques 16, 17 et 20.
Sont, de plus, surchargées d'un zébrage
au crayon les rubriques 3 à 15. Enfin, sont également tracés au crayon le point d'interrogation
et le trait vertical qui embrasse la colonne C,
ainsi que les mots « 14 dessins ou groupe de dessins »
qui s'intercalent entre les rubriques 24 et 27.

III. AUTRES TEXTES DE PEREC LIÉS À *W*

Toute l'œuvre de Perec est plus ou moins liée à ce livre central qu'est *W*. Nous avons choisi de citer ici trois textes relativement moins connus que d'autres, qui, par leur sujet et leur forme, anticipent *W* (pour le premier) ou lui font écho (pour les deux autres).

1. SUR « HIROSHIMA MON AMOUR »

En mai 1960 paraît dans *La Nouvelle Critique* un article sur *Hiroshima mon amour*, non signé, présenté par la revue comme l'œuvre collective d'« un groupe d'étudiants » (p.77-87). De cet article, écrit en collaboration avec Henri Peretz et Roger Kléman, il est difficile de savoir exactement quelle part revient à Perec. Il paraît néanmoins utile de le relire à la lumière de *W* : on y trouve non seulement les thèmes de la guerre, de l'Occupation et du nazisme, mais peut-être surtout une analyse des troubles de la remémoration, avec le personnage de « Nevers », et les éléments d'une esthétique du discontinu et de l'incohérent, articulés sur une volonté de lucidité et d'explication du monde. Le contrepoint entre l'histoire de Nevers et celle d'Hiroshima, leurs contradictions, sinon leur résolution, appartiennent bien au registre de *W*, moins l'optimiste conclusion : « Il s'agit bien d'apprendre à changer le monde. »

On comprend qu'entre Hiroshima et Nevers il existe un rapport : mais quel genre de rapport ? Est-ce la même chose ? Les spectateurs ont souvent l'impression que les deux événements présentés sont identiques et cela les choque [...]

« La perpétuelle reconquête », non signé, *La Nouvelle Critique*, n° 116, mai 1960, reproduit *in* Georges Perec, *L.G., Une aventure des années soixante*. Éditions du Seuil, 1992. « Librairie du xxe siècle », 1992, p. 141-164.

172

Son histoire à lui (le Japonais) est simple, somme toute. La guerre. Ses parents sont morts à Hiroshima. [...] Hiroshima, c'est un musée, un hôpital. Des larmes faciles : « J'ai toujours pleuré sur le sort d'Hiroshima, toujours. » Sur quoi pleure-t-elle ? sur la mort ? Mais ce n'est pas la mort qui plane dans les salles du musée, mais une mémoire inaccessible parce que falsifiée. Hiroshima ne peut être revécu. Ce n'est pas un événement, c'est un symbole, et plus les reconstitutions sont fidèles, plus la falsification est grande : il ne s'agit pas de pleurer, il s'agit de prendre conscience.

[...] De l'inaccessible mémoire d'Hiroshima surgit, en un éclair, la folie de Nevers. Mais Nevers n'est encore qu'un phantasme, un doigt qui bouge, une association détruite à peine suscitée. [...] Nevers est mort. Nevers est secret [...]. À la conscience malheureuse, cette émotion stéréotypée que font naître les ruines, les reconstitutions, les statistiques, les films, s'oppose cette expérience immédiate de la guerre, de la folie, de la mort. [...] La mémoire n'est rien, la conscience est tout. Entre les deux se situe la prise de conscience : de même que dans *Nuit et brouillard*, il importait moins, en fin de compte, de s'émouvoir sur les camps que de prendre conscience de ce que certaines conditions déterminent toujours des phénomènes identiques, de même, dans *Hiroshima mon amour*, ce n'est pas la description de l'horreur pour l'horreur qui importe, mais la nécessité pour chacun, sur les bases qui lui sont propres, à partir de sa propre sensibilité, de comprendre, d'assumer, de tenir compte de ce que fut Hiroshima, de ce que sera, désormais, inexorablement, la guerre.

[...] Au commencement, il y eut Nevers, un hiver de l'Occupation [...] et une petite fille qui ne pouvait identifier ce monde hostile comme le sien, qui avait le désir d'un lieu d'accord entre le monde et elle-même, la nostalgie d'une unité perdue. [...]

Ce refus du monde et de soi, promesse d'unité retrouvée, c'est, confusément, la tentation de la mort.

[...] Comment survivre ? Elle ne meurt pas. Comment assumer ? Elle devient folle... [...] Elle ne prend pas conscience : elle oublie. Nevers reste au fond de sa conscience, tentation implicite de la mort qui se dresse comme un écran entre le monde et l'être. « Nevers, tu vois, c'est la chose au monde à laquelle, la nuit, je rêve le plus, en même temps que c'est la chose à laquelle je pense le moins. »

[...] Elle entre à nouveau, petit à petit, dans un monde enfoui. Les murs de Nevers, les murs de la cave. Elle refait le chemin en sens inverse. Elle recommence. « Petite histoire de quatre sous. » Les murs reviennent, le chat, la bille, la peur, la honte, les cris, les plus petits souvenirs, jamais racontés, jamais assumés. Elle hurle, parce que les années ont passé, et que tout cela est mort, et que rien n'est né, sinon l'habitude [...]. Ces souvenirs, au-delà des souvenirs, c'était comme un bâillon, une hantise dans les rêves, quelque chose à laquelle elle ne croyait même plus, dont elle rêvait encore, qu'elle gardait en elle, comme un mauvais secret, qui ne l'empêchait ni de vivre, ni d'aimer, mais peut-être, parfois, de respirer.

[...] Les premières évocations sont globales, inordonnées, incohérentes : la petite fille de Nevers, l'Allemand vu à travers une glace, les courses dans la forêt, puis le balcon, cette image incomplète et incompréhensible, ce symbole de la mort, sans racines encore, mais dont l'incomplétude, pour elle comme pour nous, encore une fois, guidée par ces mêmes questions arbitraires, presque intuitives, est attente d'autre chose, mouvement, impatience. La mémoire éclate. [...] Le souvenir n'est pas discursif ; dans la chronologie bouleversée, c'est moins le passé qui revient que la conscience. Le temps n'existe plus, le passé et le présent se confondent.

Le paysage immédiat, insaisissable, est incohérence : il est aussi promesse de cohérence possible, au-delà de la complexité.

2. « SIGNE PARTICULIER : NÉANT »

Dans le projet qui porte ce titre, Perec a eu l'idée d'« un film dans lequel, à aucun moment, le spectateur ne verra le visage des acteurs ». C'est l'équivalent filmique de *La disparition*, mais c'est aussi une variante sur l'absence radicale qui hante *W*, ce visage qui n'est connu que par quelques photographies et qui ne donne lieu à aucun souvenir vivant. Comme l'écrit Bernard Magné dans sa présentation, « *Signe particulier : Néant,* ce pourrait être aussi la devise ironique d'une écriture tout entière vouée à conjurer l'absence ».

L'idée de ce film m'est venue il y a une dizaine d'années, après avoir écrit un roman intitulé *La disparition*, dont *Signe particulier : NÉANT* voudrait être, non pas l'adaptation, mais l'équivalent cinématographique. [...] [*La disparition*] est un roman d'aventures qui raconte *littéralement* sa propre histoire : histoire de personnages soumis à un tabou qu'ils ne peuvent énoncer, ou, si l'on préfère, roman policier dont l'assassin serait une lettre de l'alphabet et la victime le langage.

La conception de *Signe particulier : NÉANT* repose sur une démarche similaire : quelle histoire pourra-t-on raconter dans un film en prenant comme *unique* point de départ le fait que les spectateurs ne verront à aucun moment distinctement le visage des personnages ? [...] Au départ, évidemment, cela a l'air tout à fait impossible. [...] Et pourtant : à peine l'idée m'est-elle venue que j'ai eu la certitude que d'un tel procédé pouvait surgir quelque chose de totalement étrange, de complètement dépaysant.

Projet de film par Perec, avec une présentation par Bernard Magné, *in* Christian Janicot, *Anthologie du cinéma invisible*, Éditions Jean-Michel Place / Arte, 1995, p. 467-469.

Perec se propose donc, comme il a inventorié pour *La disparition* les mots sans E, de répertorier les situations classiques du cinéma dans lesquelles on ne voit pas le visage des personnages : disparitions liées à la prise de vue, à l'environnement (« personnages dans la nuit, personnages dans le brouillard ») aux conditions de travail, aux conditions sociales, à des péripéties (bandits masqués, notables véreux arrêtés se cachant le visage...) à des événements historiques, à des mythes, à des effets spéciaux...

Il donne en exemple une séquence de début de polar, très cohérente, puis tente de chercher

[...] non pas n'importe quelle histoire [...] mais une histoire qui se construira progressivement à partir de son unique exigence, l'interdiction faite aux personnages de montrer leur visage : un monde, en somme, en proie à un mystère inexplicable, à un tabou aussi fort qu'incongru, pliant sous sa loi les personnages, forgeant leur destin : un univers peuplé de statues sans visage, d'hommes invisibles, de masques de toutes sortes, où tous et toutes sont hantés par cet interdit qui les frappe et qu'ils ne peuvent nommer, mais qui les entraîne dans des péripéties rocambolesques à la recherche d'une vérité qui se dérobe chaque fois qu'ils croient la saisir. [...]

Cette histoire décollera petit à petit de la réalité, ira puiser dans le seul enchaînement de ses thèmes une autonomie de plus en plus grande, plongeant le spectateur dans le *dépaysement* qui est pour moi le plaisir même du cinéma.

Perec fait ensuite une liste de 67 « scènes » ou éléments visuels, parmi lesquels certains rappellent l'univers de *W :* ainsi l'association des éléments « 05... brouillard » et « 12... nuit » fait évidemment penser au *Nacht und Nebel* des nazis, repris dans le titre du film d'Alain Resnais sur la déportation.

De même, le dernier élément, « 67 Tampon " censuré " violemment appliqué sur l'image », peut évoquer la mention « Juif » portée sur les papiers d'identité pendant l'Occupation. Ce projet, jamais réalisé, porte bien la marque de l'univers perecquien.

3. RÉCITS D'ELLIS ISLAND

En 1979, Georges Perec et Robert Bober réalisent un film sur Ellis Island, l'île de la baie de New York où, de 1892 à 1924, les candidats à l'immigration devaient passer par une quarantaine. Le film comporte d'abord des documents d'archives et des vues d'Ellis Island en 1980, accompagnés d'un texte de Perec, puis des entretiens où Perec dialogue (en anglais) avec des émigrants d'origine russe, polonaise, italienne... tous passés par Ellis Island. Cette île, où « le destin avait la figure d'un alphabet » (les officiers de santé traçaient à la craie sur l'épaule des immigrants l'initiale de la maladie ou de l'infirmité qui pouvaient amener leur refoulement), n'est pas W, mais la question posée par l'utopie W revient ici.

ce que moi, Georges Perec, je suis venu questionner ici,

c'est l'errance, la dispersion, la diaspora.

Ellis Island est pour moi le lieu même de l'exil, c'est-à-dire le lieu de l'absence de lieu, le non-lieu, le nulle part.

c'est en ce sens que ces images me concernent, me fascinent, m'impliquent,

comme si la recherche de mon identité

passait par l'appropriation de ce lieu-dépotoir

où des fonctionnaires harassés baptisaient des Américains à la pelle.

ce qui pour moi se trouve ici

ce ne sont en rien des repères, des racines ou des traces,

Récits d'Ellis Island, Éditions du Sorbier, 1980, p. 42-43. (Le texte seul d'*Ellis Island* a été réédité chez P.O.L en 1995. Voir Bibliographie, p. 229.)

mais le contraire : quelque chose d'informe, à la limite du dicible,

quelque chose que je peux nommer clôture, ou scission, ou coupure,

et qui est pour moi très intimement et très confusément lié au fait même d'être juif

je ne sais pas très précisément ce que c'est qu'être juif

ce que ça me fait que d'être juif

c'est une évidence, si l'on veut, mais une évidence médiocre, qui ne me rattache à rien ;

ce n'est pas un signe d'appartenance,

ce n'est pas lié à une croyance, à une religion, à une pratique, à un folklore. à une langue ;

ce serait plutôt un silence, une absence, une question,

une mise en question, un flottement, une inquiétude :

une certitude inquiète,
derrière laquelle se profile une autre certitude,
abstraite, lourde, insupportable :
celle d'avoir été désigné comme juif,
et parce que juif victime,
et de ne devoir la vie qu'au hasard et à l'exil.

IV. LES ÉPIGRAPHES

Chêne et chien de Queneau (Gallimard 1952) a fourni les deux épigraphes de *W*. Cette autobiographie en vers, qui va des souvenirs enfantins au récit d'une psychanalyse, peut se lire comme un véritable « plagiat par anticipation » de *W* : le lecteur y trouvera « z'une tânte / qui me traitait comme son fils » mais qui « oubli[e] [les] soldats » de l'enfant, un cousin qui « invent[e] mille adresses / pour me distraire un petit peu », un Charlot, le goût pour les désastres dans les manchettes des journaux, un cancre qui écrit des romans d'aventures, un divan, un vaisseau que des hasards menaient de port en port, un naufrage, etc. Les quelques vers qui suivent donnent le contexte des épigraphes, mais suggèrent aussi d'autres rapprochements avec *W*.

Je dessine avec soin de longs chemins de fer [...]
et des châteaux carrés munis de leur girouette,
des soldats et des forts,
(témoins incontestés de mon militarisme
— la revanche s'approche
et je n'ai que cinq ans) des bonshommes qu'un prisme
sous mes doigts effiloche,
que je reconnais, mais que les autres croient être
de minces araignées [p. 33-34].

je cherchais à revoir l'image palpitante
d'un enfant dont le sort tenait aux anciens jours
mais ne parvenais pas à remonter le cours
d'un temps que sectionna la défense humiliante
[p. 56].

Le monde était changé, nous avions une histoire,
je me souvenais d'un passé [...]
J'ai maintenant treize ans — mais que fut mon enfance ?

Raymond Queneau, *Chêne et chien*, Gallimard 1952 (les références renvoient à l'édition Poésie / Gallimard, 1969).

Treize est un nombre impair
qui préside aux essais de sauver l'existence
en naviguant dans les enfers.
Treize moins huit font cinq — de cinq à la naissance
la nuit couvre cet avant-hier,
caverne et souterrains, angoisse et pénitence,
ignorance et mystère.

Le monde était changé, j'avais donc une histoire
comme la France et l'Angleterre
et comme ces pays je perdais la mémoire
des premiers jours de cette guerre

J'élève une statue aux pantins qu'agitèrent
mes mains avant de les détruire,
mais ne sais le vrai sens et le vrai caractère
de mes prétendus souvenirs.

Cette brume insensée où s'agitent des ombres,
comment pourrais-je l'éclaircir ?
cette brume insensée où s'agitent des ombres,
— est-ce là donc mon avenir ? [p. 57-58].
[...]
Il faut pourtant tout dire, et le plus difficile.
Si je n'hésite pas
à narrer des écarts sexuels et infertiles,
ce m'est un embarras

de parler sans détours de mort et de supplices
et d'écartèlements,
de bagnes, de prisons où de vaches sévices
rendent quasi dément.

Mais ces liens à leur tour tomberont dénoués,
les symptômes s'expliquent
comme le crime en fin d'un roman policier
mais ce n'est pas un crime !
Car si privé d'amour, enfant, tu voulus tuer
Ce fut toi la victime [p. 76].

V. LA RÉCEPTION

1. L'ACCUEIL DU FEUILLETON

Les chapitres de fiction parus dans *La Quinzaine*, de septembre 1969 à août 1970, suscitèrent, d'après Maurice Nadeau, des réactions négatives : mais, interrogé aujourd'hui, il n'en a pas retrouvé trace. La seule réaction dont nous disposons est celle de Philippe Lejeune, qui découvre le feuilleton dès son début, et qui avoue :

J'avais lu *Les choses, Un homme qui dort*, je m'intéressais à Perec. J'ai donc réagi avec curiosité à l'annonce de ce feuilleton, si peu dans les mœurs de l'austère *Quinzaine*. Or, très vite, je me suis ennuyé. J'ai tenu quelques chapitres, puis n'ai plus suivi que de loin en loin ce texte fastidieux et bizarre, jetant un coup d'œil pour voir s'il pataugeait toujours dans la même ornière...

Philippe Lejeune, *La mémoire et l'oblique, op. cit.*, p. 62.

Avant d'en venir à l'explication proposée par Lejeune, interrogeons cette réaction d'ennui, qui semble, d'après le témoignage de Nadeau, avoir été assez partagée, et qui se retrouve dans certains articles parus en 1975. Que signifie l'ennui que peut inspirer un livre ? Pas forcément que sa lecture ne touche pas le lecteur. Cela peut au contraire indiquer la présence, dans le « contre-texte », pour reprendre une notion d'Anne Clancier[1], c'est-à-dire dans la réaction du lecteur au texte, de quelque chose d'insupportable, qui est de l'ordre de l'archaïque. Peut-être est-ce en ce sens que tant de lecteurs disent s'ennuyer en lisant, ou en ne lisant pas, Sade — un auteur que Perec ne nomme pas parmi ses modèles, mais qui semble planer irrésistiblement au-dessus de l'univers carcéral et cruel de *W*.

1. Anne Clancier, « De la psychocritique au contre-texte », in *Le Coq Héron*, n° 126, 1992, p. 8.

Quoi qu'il en soit, Philippe Lejeune analyse aujourd'hui sa réaction en termes d'une attente déçue, d'une amorce non suivie d'effet :

Je viens de reprendre ma collection de *La Quinzaine*, et j'ai compris pourquoi j'ai pu m'ennuyer à ce texte qui aujourd'hui me bouleverse. Début octobre 1969, dans son n° 80, *La Quinzaine* annonce pour le numéro suivant le début du feuilleton de Perec, *W*, en promettant : « Du suspense, du rêve, de l'humour. » Sur la couverture du n° 81, à côté de l'annonce : « Le début du roman-feuilleton de Georges Perec », il y a... un pistolet ! [...] On attend donc un roman policier, de l'action, du mystère peut-être, des solutions sûrement. En tout cas, quelque chose qui fasse plaisir : Rocambole, Arsène Lupin ?... À la place, je trouve un texte bien évidemment parodique, impossible à lire au premier degré, un remake biscornu, un enfant du capitaine Grant qui irait visiter la Colonie pénitentiaire de Kafka ! Je ne voyais ni le rapport avec le pistolet ni où l'auteur voulait en venir. Lui non plus, sans doute, puisque tout semble s'être perdu dans les sables.

Ibid., p. 62-63.

2. À LA PARUTION DU LIVRE

La presse fut dans l'ensemble assez favorable, mais il est vrai que, comme le dit Perec lui-même, « on n'attaque pas la littérature concentrationnaire[1] ». La plupart des grands journaux ou périodiques, *Le Monde, Le Nouvel Observateur, La Quinzaine littéraire, L'Humanité, Le Quotidien de Paris, L'Express, Les Temps modernes* etc., en rendirent compte. En général, les critiques décrivent de façon pertinente le fonctionnement du livre, en citant souvent la quatrième de couverture, ou certaines pages (les pages 62-

---

1. « Robert Antelme ou la vérité de la littérature », *L.G.*, p. 87.

63, et le chapitre XIII, reviennent à plusieurs reprises).
Mais il y eut des réticences : le livre paraît « fastidieux »
ou artificiel à plusieurs.

Le premier grand article est une chronique de Pascal Pia,
Au vent de l'histoire, parue dans *Carrefour* le 8 mai 1975. Il
fait un résumé assez fidèle du livre, mais regrette le
manque de liaison entre les deux parties et estime peu
vraisemblable qu'un enfant ait pu forger l'utopie de W
— ce que Perec ne prétend pas :

Je dois avouer que ce que M. Perec raconte de son
enfance ne m'a pas paru semé de lacunes que per-
mettraient de combler les éléments de son utopie,
mais je me garderai d'en conclure qu'il ait voulu
nous mystifier en associant à l'histoire de ses premières années une fiction dont les enchaînements
et les détails dénotent une connaissance des institutions politiques et une ironie que ne saurait avoir
l'enfant le plus précoce.

Pascal Pia, *Au vent de l'histoire*, *Carrefour*, 8 mai 1975, p. 12-13.

Peu après, l'hebdomadaire *Minute* (d'extrême droite et
antisémite) consacre quelques lignes à *W* :

Ce curieux livre à deux voix veut raconter à la fois
une histoire fictive et symbolique et une enfance
apparemment authentique. Le plus regrettable est
qu'aucune ne parvient à retenir l'attention. Que dire
de l'ensemble ?

Non signé. *Minute*, 14-20 mai 1975, p. 26.

La même semaine, dans *Maroc-Soir*, Salim Jay, après
avoir évoqué rapidement les œuvres antérieures de
Perec, voit en *W* une sorte de clef pour les comprendre :

D'où venaient les phantasmes nourrissant si abondamment et si drôlement son œuvre ? Et où puisait-il
la gravité sous-jacente de toute son écriture ? [...] La
clef de ces questions se trouve dans un roman où
Perec décrypte pour nous son enfance, en nous

Salim Jay, *Maroc-Soir*, 18 mai 1975.

racontant celle-ci et le rêve qui le poursuivait, s'échafaudant, mauvais comme la peur, tout au long [...]. Ce roman à sa dernière ligne découvre l'actualité des phantasmes enfantins et prouve à travers le jeu subtil de l'enfant avec la mémoire et de la mémoire avec l'enfant, qu'un enfant prononce la seule vérité dont peut sortir l'œuvre de vivre.

Roger-Pol Droit fait une analyse détaillée du roman, en commençant par l'autobiographie et en l'articulant sur la fiction, qu'il rapproche des utopies de Huxley *(Le meilleur des mondes)* et d'Orwell *(1984)*. Il montre qu'elles sont à la fois « distinctes » et « inséparables », et conclut :

Dans cette construction en ellipse, les rapprochements implicites — offerts à la perspicacité ou à la rêverie du lecteur — en disent plus que les textes. Après avoir, en jouant, exploré les tiroirs secrets du vocabulaire, Georges Perec arpente l'espace du souvenir et le temps de l'écriture. Nouveau trait d'une figure [...] qui, livre à livre, s'annonce marquante.

Roger-Pol Droit, « La recherche de l'enfant perdu », *Le Monde*, 23 mai 1975, p. 17-18.

Jean Duvignaud, après avoir évoqué le souvenir de son ancien élève d'Étampes, tracé un portrait pittoresque de « l'incasable, le vagabond » Perec, s'interroge sur *W*, livre dans lequel il voit non l'aboutissement de l'œuvre antérieure, mais un questionnement nouveau, qui lui apparaît à la fois riche et inabouti :

Quelque chose manque encore à Perec : l'unité d'esprit sans doute. Ce que l'écriture veut atteindre quand elle chemine et ruse avec les grosses masses obscures de la rêverie. Comment savoir ce qui pousse les phrases à s'enchaîner, les mots à figurer des situations irritantes ?

[*W* est] un livre-piège, à la fois confession et fiction, masque et révélation. On y trouve, mêlées, la recherche malaisée (et peut-être périlleuse) de la

Jean Duvignaud, *Le Nouvel Observateur*, 26 mai 1975, p. 74-75.

réalité qui s'embusque derrière la mémoire et la rationalisation poussée à l'absurde d'un fantasme de l'enfance. [...]

Tout se passe comme si l'enfant perdu dans un naufrage et parvenant dans cette île lointaine était aussi celui qui cherchait les traces d'un autre enfant déporté qu'il aurait pu être. Une substitution s'opère. Sa mère, peut-être, poursuit à travers lui un cheminement obscur. [...] *W* nous ramène à une inquiétude véritable : qu'est-ce que l'écriture peut ressaisir de notre vie ? Quelle relation établit-elle avec la mort ? C'est plus qu'un roman, c'est le début d'une méditation sans fin.

La Quinzaine littéraire se devait de rendre un hommage particulier à un roman qui avait d'abord paru dans ses colonnes. De ce point de vue, l'article de Jean-Baptiste Mauroux déçoit. Il définit le livre de Perec par tout ce qu'il n'est pas (le genre du souvenir d'enfance, *L'oiseau bariolé* de Kosinsky, les romanciers russes du XIXᵉ siècle, Beckett...) puis, après un résumé certes fidèle, conclut « à la toute-puissance de l'imaginaire sur les forces dérisoires du réel **». Le point le plus remarquable de l'article, signe sans doute de l'efficacité du roman, est la confusion qui s'y opère entre les deux strates du récit : pour justifier la recherche du souvenir d'enfance ou pour en souligner la difficulté, Mauroux cite «** mes rêves se peuplaient de ces villes fantômes... » **(p. 13)** ou « Longtemps j'ai cherché les traces de mon histoire... » **(p. 14)**, phrases qui appartiennent au faux Gaspard Winckler et non à Perec.**

Jean-Baptiste Mauroux, « Les vestiges souterrains d'un monde oublié », *La Quinzaine littéraire*, 1ᵉʳ juin 1975.

Le chroniqueur de La Croix note une évolution de « l'oulipien Perec » vers un « romancier swiftien », mais se montre réservé :

C'est l'élaboration compliquée (et un peu fastidieuse) d'un rêve d'enfance longtemps remanié présenté comme une sorte de conte philosophique.

François Rivière, *La Croix*, le 1ᵉʳ-2 juin 1975.

En contrepoint, ce sont — grossis de force digressions et commentaires — les bribes de souvenirs d'une enfance difficile [...] On éprouve quelque difficulté à partager l'angoisse cliniquement détaillée du petit enfant juif à l'intelligence déjà si vive [...] La froideur étudiée du récit onirique trouve à peine en ces pages d'accompagnement la chaleur qu'on voudrait voir en certaines pages suggestives... Le stylo-scalpel de Georges Perec, si brillant parfois à découper les fantasmes sous la fascinante contrainte d'un procédé, perd cette fois de sa force, malgré la richesse d'un matériau passionnant.

Jacques-Pierre Amette a lu *W* un peu vite. Il y a trouvé « les souvenirs d'un petit collégien à étoile jaune », en contrepoint avec un univers analogue au « Goulag », mais il est néanmoins conquis :

On trouvera le propos grinçant et austère. Le récit est souriant et charmeur. Le ton Perec, la « *Perec's touch* », est inimitable. On passe du manuel d'orthopédie au ton XVIIIe siècle. On saute du pastiche du journal *Le Monde* à la description faussement médicale. Perec est passé maître dans l'art du trompe-l'œil. [...] [*W* est] un des divertissements intellectuels les plus actuels et les plus aigus. Perec est un auteur rare. Un de nos plus grands auteurs.

Jacques-Pierre Amette, « Le conte de l'île », *Le Point*, 2 juin 1975.

André Stil *(L'Humanité)* est le premier à faire remarquer la dédicace, « Pour E », et à rappeler qu'il s'agit de la lettre absente de *La disparition* : il situe Perec dans l'Oulipo, ce qui l'amène assez curieusement à résumer l'histoire du faux Gaspard de façon formelle :

L'amour des mots et les mots d'humour paraissent décider, plus que les événements ou sa propre psychologie, des aventures d'un homme à la recherche de son nom...

André Stil, « Le réalisme et ses banlieues », *L'Humanité*, 12 juin 1975.

À l'opposé, il voit d'abord l'autobiographie comme un récit « marqué de la plus naïve volonté de réalisme », **mais il montre que** « les incertitudes du souvenir » **mettent ce réalisme en échec, et comment** « le réel d'une vie, et ses affabulations, ont pu se retrouver, décalques décalés, à l'insu du premier intéressé, dans la moins contrôlée des fictions ».

Jean-Marc Roberts, désolé que ses lecteurs prennent Perec pour un écrivain difficile, leur conseille « d'ouvrir un de ses romans avec l'idée bien arrêtée de lire *Les Pieds Nickelés* », **puis raconte comment il a rencontré Perec au café de la Mairie, place Saint-Sulpice, ce qui lui a permis d'économiser la lecture de** *W*, **qu'il qualifie de** « roman d'aventures élégant et inventif », **et** « roman le plus original qui ait jamais été écrit sur la peur ».

Jean-Marc Roberts, « Le roman de la peur », *Le Quotidien de Paris*, 13 juin 1975.

Pour Matthieu Galey, *W* **est l'occasion pour Perec d'«** entrebâiller pour la première fois son armoire à confidences ».

De lui on ne savait guère ; il n'appartient pas à la famille des romanciers qui se racontent. [...] *La disparition* [...] manifestait quelque manque secret derrière la gratuité du tour de force. [...] On en sait tout de même un peu davantage sur lui, à présent.

Mathieu Galey, « Perec : des Mémoires en charpie », *L'Express*, 29 juillet 1975.

Galey résume ensuite la biographie de l'enfant Perec, et explique :

Ce sont des faits tout simples, dans leur cruauté ; ils expliquent bien des silences, et les miettes de cette autobiographie comme réticente, où Perec ne reconnaît, épars, fragmentaires, que « des morceaux de vie arrachés au vide ». [...] En vérité il ne « veut pas » y revenir, inconsciemment coupable peut-être d'avoir été un petit garçon vivant, à peine plus malheureux qu'un autre [...] Adolescent, il avait

fui tout cela par l'imaginaire, inventant un conte intitulé W [...] C'est cette allégorie qu'il a recréée, pour
servir d'écho à ses Mémoires en charpie. [...] Pourquoi des sportifs ? Lubie de gosse ? Perec lui-
même s'interroge. Mais nous pensons à d'étranges
parentés, au Vélodrome d'hiver abritant les grandes
rafles de l'Occupation, au stade de Santiago... Et ce
livre, qui aurait pu paraître encore un peu littéraire, à
l'instar des précédents, pèse soudain le poids de
sa déchirante vérité, plus éloquent avec ses suites[1]
et ses silences que s'il disait tout.

**Après l'interruption de l'été, dès septembre, les articles
reprennent. Le chroniqueur de La Libre Belgique rend
hommage à Perec de son « irréductible sincérité », mais
en souligne aussitôt l'inconvénient. Son analyse, critique,
est néanmoins fondée sur un repérage exact du fonctionnement du texte :**

Parti pour nous raconter ses souvenirs d'enfance, il
n'en sort plus, il n'avance un détail que pour le
contester aussitôt, ou l'aggraver de nuances qui
l'amincissent et le font ne plus exister. Rien que son
patronyme lui donne des scrupules. [...] Ici (dans la
fiction) tout est faux, mais tout est vrai dès qu'on
accepte qu'un enfant fatigué de son trop plat destin
s'en forge un autre qui soit extraordinaire. Perec
nous montre en train de se faire le livre qui jamais ne
s'achève.

Non signé, « Georges
Perec, *W ou le souvenir
d'enfance* », *La Libre
Belgique*, 3 septembre
1975.

**Daniel Adler n'accorde que peu de lignes à W, mais favo-
rables ; le reste de la chronique est consacré à un Cahier
de l'Herne sur Karl Kraus (1874-1936) et à L'honneur
perdu de Katharina Blum de Heinrich Böll, deux ouvrages
qui, chacun avec ses moyens propres, sont une critique
de l'autorité, voire du totalitarisme, mais il ne songe pas à
faire un rapprochement entre eux et le roman de Perec :**

---

1. Erreur probable pour *fuites*.

Le mythique n'est qu'une figuration du réel, les fantasmes venant relayer une histoire qui n'a été vécue par son auteur qu'au second degré. Nous découvrons donc en même temps que lui [...] comment l'imaginaire s'est « arrangé » pour ne pas oublier l'épisode qui marque, à son insu, l'écrivain.

Daniel Adler, « En forme de stèle ou d'épitaphe », *Presse Nouvelle Hebdo*, 26 septembre 1975.

Stèle et épitaphe : avertissement ou prologue ?

Jean-Baptiste Baronian suggère un rapprochement entre *W* **et** *Les palmiers sauvages* **de Faulkner,** « sans doute le modèle du texte composé de deux récits alternés », **texte tellement commenté qu'il en sort** « dénaturé » **et que** « chacun n'y trouve que ce qu'il y apporte ». **Mais d'après lui, le livre de Perec n'encourt pas le même risque, car l'alternance des deux récits, quoiqu'ils soient bien distincts, est fortement assurée. Après une analyse juste et fine, il conclut que Perec** « a donné avec son *W* son livre le plus envoûtant ».

Jean-Baptiste Baronian, *W* par Georges Perec, *Magazine littéraire*, septembre 1975.

Les Fiches bibliographiques, **après une analyse brève mais exacte, découragent le lecteur :**

Le pessimisme de Perec s'y exprime de façon plus décisive que dans aucun de ses autres ouvrages, et avec une sécheresse un peu décevante. Il ne peut en résulter qu'un succès limité à un public tout à fait restreint.

Olivier V. Lefranc, *Les Fiches bibliographiques*, 31 octobre 1975.

C'est également en octobre que paraît le premier article de fond consacré à *W*, **dans** *Les Temps modernes*, **sous la signature de Claude Burgelin. Après un rapide panoramique sur la production antérieure de Perec, il estime que**

« *W* représente aujourd'hui le bloc central de cette construction multidimensionnelle, peut-être le livre majeur de Perec ». L'enfance privée de traces et de documents donne lieu à un « inventaire objectif, têtu et dérisoire » qui « met en place les événements clés (la mère quittée sur un quai de gare en 1942,

Claude Burgelin, « *W* ou le souvenir d'enfance de Georges Perec », *Les Temps modernes*, octobre 1975, p. 568-571.

les premières expériences de l'injustice) et les constituants majeurs (légendes familiales, fantasmes, images, mots, lettres, chiffres) de son imaginaire, en une démarche à l'évidence avertie de la psychanalyse, mais qui se refuse à tout discours interprétatif ».

Burgelin récuse d'autre part la « traduction » unilatérale de l'univers W en l'univers nazi :

Si *W* s'achève sur des images très explicites du cauchemar nazi, ce sont toutes les mécaniques totalitaires et notamment le système capitaliste, dont le fascisme n'est qu'une potentialité poussée à l'extrême, qui sont ici symbolisés.

Enfin, prévoyant la déception ou la gêne du lecteur devant l'inachèvement du récit ou ses ruptures, il les désamorce en en montrant la finalité :

Ces ruptures ou cet arrêt fonctionnent comme les procédures brechtiennes de distanciation. L'alternance des deux récits empêche que le pathétique né de la biographie d'un orphelin à l'enfance tailladée par la guerre ne reste à fleur d'émotion ou au ras d'un sens trop évident. De même que la trop romanesque enquête de [Gaspard] [...] s'interrompt pour nous ramener au sens de ce qu'implique toute quête autobiographique, de même ces plongées régulièrement alternées dans le monde du fantasme ou du symbole nous renvoient paradoxalement à la réalité d'une société qui ne subsiste qu'en broyant constamment les faibles. C'est donc une nouvelle écriture (véritablement politique) de l'autobiographie qui est ici proposée.

Quelques mois plus tard, en juin 1976, *La Pensée* consacre également un long article à *W*, insistant sur l'originalité de la démarche de Perec, qui prend le contre-pied

Alain Poirson, « Georges Perec, *W ou le souvenir d'enfance* », *La Pensée*, juin 1976, p. 151-153.

de l'autobiographie traditionnelle, soulignant l'articulation historique et politique des deux récits (« Dans l'un et l'autre cas, l'enquêteur ne trouve pas son autre, mais découvre ce qu'il ne cherchait pas : Perec l'écriture (Gaspard), l'univers concentrationnaire... ») **et l'actualité du texte :** « Perec bien sûr nous parle de son passé, mais c'est pour mieux révéler notre présent : Hitler Pinochet même combat... »

Signalons un dernier article, qui trouve Perec « sobre, pudique, voire un peu sec », **estime que le récit est** « scrupuleux et méthodique, mais terne et aride », **que la description de W est** « fastidieuse », **et que le tout présente certes quelque intérêt** « du point de vue de la psychologie et des mécanismes de la création », **mais que cela ne peut qu'ennuyer le lecteur :** « On aura beau faire alterner deux récits plus ou moins ennuyeux, leur lecture conjuguée n'entraînera pas, comme par enchantement, le plaisir de lire. » **Mais ce jugement sévère exonère en quelque sorte Perec d'une part de responsabilité :** « Notons que *W ou le souvenir d'enfance* a été publié après la mort de l'auteur [sic]. C'est pourquoi, malgré le texte de présentation signé G.P. apparaissant en page couverture comme si on avait voulu le faire servir à cautionner cette parution, je ne peux m'empêcher de me demander si, vivant, Perec eût consenti à cette publication... » **Cet article est paru après la réédition de W en 1983.**

Pierre Quesnal, « La mort, d'Arland à Perec », *Le Devoir*, 17 septembre 1983.

On le voit, W a été largement recensé par la presse, de façon le plus souvent élogieuse, et prouvant une lecture véritable. Cependant, le sombre pronostic des *Fiches bibliographiques* s'est trouvé vérifié, preuve qu'une bonne critique ne procure pas forcément un grand public. Le livre se vend mal. D'après David Bellos, « on distribua encore longtemps des exemplaires gratuits du livre à *La Quinzaine littéraire*, alors que Nadeau avait quitté Denoël[1] ». Le chiffre

1. David Bellos, *op. cit.*, p. 583.

de ventes avancé par Perec dans son journal (3 500 exemplaires en juin 1975) paraît peu vraisemblable. La première édition allemande se vendit à 400 exemplaires, le reste fut pilonné.

Ce n'est que progressivement que toute l'importance du livre fut reconnue. À la mort de Perec, parmi les nombreux hommages qui lui furent rendus, beaucoup évoquaient l'enfance de l'auteur de *W*, comme Paul Virilio :

[...] un enfant introverti, enfant d'une guerre sans nom qui lui a enlevé, avec sa famille, toute familiarité avec le temps présent, tout intérêt pour la violence des faits, d'où ce retrait poétique au centre des mots, qui est bien autre chose qu'un jeu, une modeste cachette d'écolier fugueur. Son seul excès : l'extrême lenteur, l'écoulement d'un récit mnémotechnique où le souvenir n'a plus l'intensité d'une revendication mais la neutralité d'une rétrospective, réminiscence sans autre importance que celle que le lecteur lui attribuera, aujourd'hui ou jamais. Athée de l'objectivité, n'en croyant plus ses yeux, Perec est un modèle de vigilance pacifique, son écriture, un spécimen « transpersonnel » au-delà des contingences romanesques traditionnelles.

Paul Virilio, « Perec, ami paisible », *La Quinzaine littéraire*, 9 mars 1982.

VI. LES SUTURES

Bernard Magné, dans « Les sutures dans *W ou le souvenir d'enfance* » (*CGP* n° 2), souligne que, si l'on a souvent remarqué la dissemblance des deux textes, fiction et auto-biographie, dans *W*, on a moins souvent insisté sur leur « coalescence » :

Dans ce livre placé de manière très massive sous le signe de la rupture [...] ce sont surtout des simili-tudes thématiques ou événementielles que les com-mentateurs ont retenues : histoires d'orphelins, d'enfant abandonné, recherche de traces, d'in-dices, de repères, univers implacables olympique ou concentrationnaire. Toutes choses non négli-geables, mais qui ne me semblent pouvoir fonction-ner qu'à partir de l'essentiel qui est ailleurs et sur quoi Perec est sans équivoque : si *W* porte trace de quelque chose — et notamment trace des parents morts — cette « trace en est l'écriture » [p. 64].

Bernard Magné, « Les sutures dans *W ou le sou-venir d'enfance* », Cahiers Georges Perec n° 2, *W ou le souvenir d'enfance : une fiction*, Textuel 34/44, n° 21, 1988, p. 39-55. D.R.

C'est donc dans l'espace de la page que Magné place sa recherche sur l'intersection des deux textes, et, après un relevé de diverses sutures, en propose une typologie :

du ch. I	« Il y a ... **ans**, à **Venise** » (p. 14).
au ch. II	« Il y a sept **ans**, un soir, à **Venise**... » (p. 18).

du ch. II	« ... ce lent **déchiffrement**... » (p. 18)
au ch. III	« ... de **déchiffrer**... » (p. 19)

du ch. III	« ... de **déchiffrer**... » (p. 19).
au ch. IV	« ... **déchiffrer** des lettres... » (p. 28).

du ch. IV	« ... au milieu des **journaux**... » (p. 26), « ... des lettres dans des **journaux**... » (p. 28).
au ch. V	« Donnez-moi plutôt un **journal**... » « ... j'allai chercher un **journal**... » (p. 30).

du ch. V	« ... de l'individu qui vous **a donné** votre **nom**... » (p. 33).
au ch. VI	« Il me **donna** un unique **prénom**... » (p. 35).

du ch. VI	« ... mon **père** ... me donna un unique **prénom**... »
au ch. VII	« Il n'y a pas qu'une seule personne qui m'ait... **donné** mon **nom**... » « Je ne fais pas allusion à votre **père** » « ... dont vous pourriez tenir votre **prénom**... » (p. 39).

du ch. VII	« Sa **mère**, **Caecilia**, était une **cantatrice**... » (p. 40).
au ch. VIII	« ... ma **mère**... on l'appelait... **Cécile**... » (p. 49), « ... sainte **Cécile** est la patronne des musiciennes... » (p. 59).

du ch. VIII	« ... ils ne me seront d'aucun **secours**... » (p. 62).
au ch. IX	« ... une Société de **secours**... » (p. 66).

du ch. IX	« ... ils ont réussi à les **identifier**... » (p. 69).
au ch. X	« Je ne parvins à **identifier**... » (p. 72).

du ch. X	« ... une **porte de bois** condamnée... » (p. 71).
au ch. XI	« ... entaillé la **porte de chêne**... » (p. 84).

du ch. XXVIII	« les ultimes **péripéties** d'une **guerre** — il ne semble pas que le mot soit ici trop fort — qui, pour s'être déroulée en dehors des **pistes**... » (p. 180).
au ch. XXIX	« Il y eut la **Libération** ; je n'en ai gardé aucune image, ni de ses **péripéties**... » (p. 183), « ... la petite **piste** de ski que l'on appelle, je crois bien, " Les Bains "... » (p. 186).

du ch. XXIX	« ... ma hantise des **fractions** (comme les **réduire**)... » (p. 183).
au ch. XXX	« ... amygdales, appendicectomie, **réduction de fractures**, etc. » (p. 188).

du ch. XXX	« C'est au cours de leur **quinzième année** que les **enfants** quittent à jamais leur Maison... » (p. 189).
au ch. XXXI	« ... un **enfant d'une quinzaine d'années** avançant sur un sentier... » (p. 193).

du ch. XXXI	« Le deuxième livre était *Michaël, chien de cirque*, dont un épisode au moins s'est gravé dans ma mémoire, celui de cet **athlète** que quatre chevaux vont tenter d'écarteler ; mais en fait, ce n'est pas sur ses membres que les chevaux tirent, mais sur quatre câbles d'acier disposés en x qui sont dissimulés sous les vêtements de l'**athlète**... » (p. 194).
au ch . XXXII	« ... une cérémonie d'intronisation qui se déroule sur le stade central en présence de tous les **Athlètes**... » (p. 199).

du ch. XXXII	« ... une vingtaine, au maximum, de crouilles qui ont réussi à se décrocher une identité en **triomphant** dans les Spartakiades » (p. 200)
au ch. XXXIII	« ... l'avance **triomphale** des armées alliées... » (p. 203).

| du ch. XXXIII | « ... il est **attaché** à un poteau... » (p. 206). |
| au ch. XXXIV | « ... bénéficier des prérogatives qui leur sont **attachées**... » (p. 207). |

| du ch. XXXIV | « ... comme si rien ne les **séparait** vraiment... » (p. 209). |
| au ch. XXXV | « ... le nombre de kilomètres qui nous **séparaient** de Paris » (p. 214). |

| du ch. XXXV | « ... un jeu d'échecs **fabriqué** avec des boulettes de pain » (p. 215). |
| au ch. XXXVI | « ... **avec de la mie de pain** longtemps pétrie, les Sportifs se **fabriquent** des osselets, des petits dés » (p. 218). |

| du ch. XXXVI | « **Courir**. [...] **courir** dans la boue. [...]. **S'accroupir, se relever. Se relever, s'accroupir. Très vite,** de plus en plus vite. [...]. **Se relever, courir**. [...] **À plat ventre !** Debout ! **Habillez-vous ! Déshabillez-vous !**... » (p. 217-218). |
| au ch. XXXVII | « Un des jeux consiste à faire **habiller et dévêtir** les détenus plusieurs fois par jour **très vite** [...] ; aussi à les faire sortir et entrer dans le Block **en courant** [...]. Le sport consiste en tout : faire tourner **très vite** les hommes pendant des heures [...] ; répéter sans fin le mouvement qui consiste **à se plier très vite sur les talons** [...] ; **très vite** [...] **à plat ventre** dans la boue **et se relever** cent fois, de rang, **courir**... » (p. 221-222). |

TYPOLOGIE

De ce tableau, qui, je le répète, est très loin d'être exhaustif, on peut tirer quelques éléments pour une typologie des sutures. En allant du plus précis au plus diffus, on peut ainsi distinguer, sans prétendre à un inventaire complet :

— des récurrences d'items sans variation de forme : **secours** (VIII) // **secours** (IX)

— des récurrences d'items avec variation de forme : **journaux** (IV) // **journal** (V)

— des récurrences de syntagme : **à plat ventre** (XXXVI) // **à plat ventre** (XXXVII)

— des récurrences modales : il y **aurait**, là-bas, une île (XII) // il y **aurait** eu une toile cirée (XIII)

— des récurrences avec homosyntaxisme : **Il y a... ans, à Venise** (I) // **Il y a** sept **ans**, un soir, **à Venise** (II)

— des récurrences combinées à des ressemblances : **un costume magnifique** (XVIII) // **un superbe costume** (XIX)

— des ressemblances étymologiques : **déchiffrement** (II) // **déchiffrer** (III)

— des ressemblances synonymiques : **facéties** (XVI) // **plaisanterie** (XVII)

— des parallélismes sémantiques : **hasard... déterminant** (XXI) // **imprévisible et inéluctable** (XXII)

— enfin des séquences complexes où, sur plusieurs lignes, se combinent divers types de récurrences et de ressemblances, comme en XXXVI et XXXVII.

Au repérage proposé par Bernard Magné, nous ajoutons quelques sutures supplémentaires, mais le lecteur pourra poursuivre l'enquête :

Reprise syntaxique (redoublée ici d'une reprise thématique)
I. p. 15 : « Mon héritage tint en quelques effets »
II. p. 17 : « Mon histoire tient en quelques lignes »
I. p. 15 : « À seize ans, je quittai... »
II. p. 17 : « À treize ans, j'inventai... »

Récurrence de chiffres
I. p. 15 : « Je suis né [...] vers *quatre* heures [...] Mon père [...] mourut des suites d'une blessure, alors que j'allais avoir *six* ans. »
II. p. 17 : « J'ai perdu mon père à *quatre* ans, ma mère à *six*. »
(Une autre corrélation se voit plus évidemment entre « Mon père [...] mourut des suites d'une blessure » dans la fiction, et la mort d'Isie Perec, p. 48 et 57.)

Récurrence de termes identiques dans le désordre
I. p. 15 : « *Divers* métiers » p. 16 « *pension* de famille »
II. p. 17 : « J'ai passé la guerre dans *diverses pensions* »
III. p. 23 : « qui *aurait* très bien pu me venir de mon *arrière-grand-père* »

IV. p. 26 : « *aurait* pour cadre l'*arrière*-boutique de ma *grand-mère* »

Récurrence d'un phonème :
I. p. 16 : « Je m'installai pour finir à H. »
II. p. 17 : « L'Histoire avec sa grande hache »

Récurrence d'un terme quasi identique
III. p. 22 : « MD/Medical Doctor »
IV. p. 27 : « Jésus en face des *Docteurs* »

Récurrence d'un champ sémantique :
III. p. 20 : « aussi bien un nid qu'un brasier, ou une couronne d'épines, ou un buisson ardent, ou même un cœur transpercé » *(toutes ces images renvoyant à l'imagerie catholique)*
IV. p. 27 : « *Jésus* en face des Docteurs »

Récurrence de signifiants :
IX. p. 65 : « Caecilia Winckler [...] je l'avais entendue chanter le rôle de Desdemona au *Metro*politan »
X. p. 71 : « rue Olivier *Metra* » *(un compositeur du Second Empire)*
X. p. 72 : « *métros* Belleville ou Ménilmontant [...] *métro* Couronnes »
Desdémone, c'est l'épouse d'*Othello*, le More de *Venise* (« Il y a sept ans, un soir, à Venise... » p. 18) et le nom d'*Othello* contient celui d'*Otto*.

Le blason d'Otto Apfelstahl offre un exemple particulièrement riche de ces connexions. Sa lettre s'orne d'un « blason compliqué » que le héros s'avoue incapable de déchiffrer, ignorant qu'il est « en matière d'héraldique » (p. 19). Ce qui n'est pas le cas de Perec lui-même : « Je me souviens que j'ai appris avec un soin particulier le nom des couleurs en héraldique : sinople veut dire vert, sable veut dire noir, gueules veut dire rouge, etc.[1] » : lien inter-

1. Perec, *Je me souviens*, Hachette, P.O.L, 1978, p. 59.

textuel entre <u>W</u> et <u>Je me souviens</u>. D'autre part, ce blason comporte plusieurs éléments qui vont faire retour dans les autres chapitres, soit de la fiction : par exemple, la « tour crénelée, au centre » préfigure le « bâtiment central, une tour crénelée, presque sans fenêtres » que les habitants de W appellent la Forteresse et qui serait le siège du Gouvernement (p. 103), soit de l'autobiographie : le « chevron » absent du blason trouve un écho dans le chapitre VIII, « lorsque la plus élémentaire prudence exigeait que l'on s'appelle Bienfait ou Beauchamp au lieu de Bienenfeld, Chevron au lieu de Chavranski, ou Normand au lieu de Nordmann... » (p. 55). Il y a ici <u>récurrence d'un mot avec deux acceptions différentes</u> (nom commun/nom propre), exemple qui fait songer au procédé roussellien bien connu de Perec.

Dans *Comment j'ai écrit certains de mes livres*, Raymond Roussel, auteur cher à Perec et à tous les membres de l'Oulipo, décrit l'un de ses procédés d'engendrement d'une histoire : « Je choisissais deux mots presque semblables [...] par exemple billard et pillard. Puis j'y ajoutais des mots pareils, mais pris dans deux sens différents, et j'obtenais ainsi deux phrases presque identiques. » Il s'agit ensuite de composer une histoire qui établisse un lien logique entre les deux phrases. Ainsi, « La peau verdâtre de la prune un peu mûre » désignant simplement un fruit à point : mais le fruit est empoisonné par un amant jaloux, et le conte se termine sur un cadavre : « la peau verdâtre de la brune un peu mûre » !

Raymond Roussel, *Comment j'ai écrit certain de mes livres* (1935), 10-18, 1977.

Ibid., p. 11.

Ibid., p. 246-248.

Ajoutons que ce nom de Bienenfeld, qui est celui de la famille adoptive de Perec, a fourni, on l'a vu, un « modèle » pour la fabrication du nom Apfelstahl, ce qui renforce encore l'effet de contextualisation et justifie le rapprochement de ces deux passages éloignés dans le livre. Quant au nom de Chavranski, c'est celui de la tante Berthe, née Bienenfeld, sœur de David et de Marc, et mère du cousin Henri (chap. xv). Ces deux noms patronymiques, pour qui ne connaît pas la biographie de Perec, fonctionnent simplement comme indices de la persécution antisémite, qui les force à une « traduction » anodine, mais ils deviennent évidemment plus significatifs si l'on sait en revanche que ce sont les noms de sa famille adoptive.

VII. INTERTEXTUALITÉ EXTERNE

L'étude de Bernard Magné permet notamment de voir fonctionner l'intertextualité interne du texte de Perec, c'est-à-dire les multiples références internes à l'œuvre qui s'y font écho. D'autres livres, comme *La vie mode d'emploi* et *Un cabinet d'amateur*, entretiennent également des relations serrées, accessibles à une lecture attentive. Mais tout aussi importante est l'étude de l'intertextualité externe, c'est-à-dire des rapports que l'œuvre de Perec entretient avec la littérature antérieure : nous en avons vu quelques exemples dans le chapitre consacré aux livres. Geneviève Mouillaud-Fraisse a étudié les rapports entre *W* et *Impressions d'Afrique* de Roussel, *Moby Dick* de Melville, et *L'épave du « Cynthia »* de Jules Verne, ainsi que certaines nouvelles de Poe : si les deux premières références étaient déjà repérées, la troisième en particulier est une découverte qui s'avère d'un grand intérêt. Les tableaux qui suivent font apparaître ces convergences, d'abord autour de deux thématiques (Mère-fils-naufrage, Témoin-survivant-récit), puis en se focalisant autour de l'exemple le moins connu, celui de *L'épave du Cynthia*.

Geneviève Mouillaud-Fraisse, « Cherchez Angus. W : une réécriture multiple », *in* Cahiers Georges Perec n° 2, *W ou le souvenir d'enfance* : une fiction, Textuel 34/44, n° 21, 1988, p. 85-96. D.R.

Tableau I

Mère-fils-naufrage

PEREC (*W*, italiques) :

Une mère (Caecilia Winckler) fait naufrage en faisant demi-tour sur le *Sylvandre* pour chercher l'enfant. Elle meurt dans le naufrage. L'enfant a disparu. Survit-il ?

PEREC (*W*, romains) :

Une mère (Cécile Perec) ne fait pas « naufrage » mais, devant une autre catastrophe, largue l'enfant en train (avec le « parachute » de Charlot). Elle disparaît et meurt. Il survit.

ROUSSEL :

Une mère fait naufrage sur le *Sylvandre* et tente de se sauver avec l'enfant attaché à elle. Les deux meurent.

VERNE :

Une mère (Catherine Durrieu) largue l'enfant attaché à une bouée en essayant vainement de le confier à un canot. Chacun survit séparément après avoir « disparu » pour l'autre.

MELVILLE :

La *Rachel* fait demi-tour pour retrouver deux enfants (ceux du capitaine) et repêche à leur place Ismaël. La métaphore du bateau comme mère figure au dernier chapitre. « C'était l'errante *Rachel*, qui, rebroussant chemin en quête de ses enfants perdus, n'avait trouvé qu'un autre orphelin. »

Tableau II

Témoin-survivant-récit

PEREC (*W*, italiques) :

G.W. (le « faux ») est le seul survivant d'un désastre non-dit arrivé à la société W. Il écrit parce qu'il est le seul témoin. Mais le récit s'interrompt ; et la deuxième partie doit mais ne peut pas être racontée par le narrateur de la première. Quant au « vrai » G.W., on ne sait pas s'il est survivant ou non.

PEREC (*W*, romains) :

Relire les pages 63-64. G.P. est survivant mais en un sens pas témoin de son histoire. Énonciation impossible, paradoxale : dire l'anéantissement de la chose à dire.

ROUSSEL, *Impressions d'Afrique* :

Le livre est le témoignage en « nous » de l'un des naufragés du *Lyncée*, qui ont tous survécu. Texte sans rupture mais surdéterminé par une contrainte hétérogène au récit.

VERNE, *Cynthia* :

Erik est survivant du naufrage du *Cynthia*, mais pas témoin. Patrick O'Donoghan est survivant mais meurt à l'instant de témoigner. Seule la mère, à la fin, est survivante et témoin. Tout cela se place au plan de la chose racontée ; l'énonciation est à la 3ᵉ personne, sans fissure (seule la glace se fend).

POE, *William Wilson* :

   Les crimes de « William Wilson » sont mondialement connus et ne seront pas racontés. Il ne raconte que la bataille des doubles, dont il fut acteur et reste témoin survivant (l'autre est devenu spectre, survivant non survivant). Le lecteur, quoique supposé connaître les autres crimes, ne peut pas les identifier car W.W. n'a pas dit son vrai nom.

POE, *Arthur Gordon Pym* :

   Pym écrit *quoique* seul témoin blanc des naufrages et massacres. Quand le récit atteint son point d'intensité maximum, il meurt, à la suite d'une catastrophe non motivée, qui a détruit aussi le « manuscrit » des chapitres restants. La conclusion et les « conjectures d'" Edgar Poe " » ne sont pas absolument incompatibles avec le reste, mais la phrase finale n'a pas d'énonciateur compatible avec le reste.

MELVILLE, *Moby Dick* :

   Ismaël : « Le drame est joué. Pourquoi quelqu'un, dès lors, s'avancera-t-il ? parce que quelqu'un survécut au naufrage. » (Dernier chapitre.)

Georges Perec : *W ou le souvenir d'enfance*	Jules Verne : *L'épave du « Cynthia »*
(p. 14) : « Il ne pouvait pas y avoir de survivants. »	Bateau « perdu corps et biens » mais trois survivants ignorés : l'enfant sur la bouée (le héros), le marin qui sait le secret, et finalement la mère de l'enfant.
(p. 19) : La lettre d'Otto Apfelstahl. Est-il américain ou allemand ?	(p. 48) : Le bateau était-il allemand ou anglais ? (Il se révélera américain.)
(suite) : « M.D. » veut-il dire Medical Doctor ? (plus loin, O.A. aura plutôt l'air d'un homme d'affaires ou d'un avocat que d'un médecin).	(pp. 3 et 47) : Les recherches sur l'identité de l'enfant sont initiées par un docteur qui est aussi homme d'affaires et un avocat, son ami.
(suite) : Le Berghof, dans la Nurmberggasse : pas seulement l'adresse d'Adolf Hitler à Berchtesgaden ni celle du Dr Freud à Vienne, ni la pension de montagne du texte autobiographique, mais...	L'enfant a été recueilli près de Bergen.
(p. 23) : Chercher des indices dans les lettres, dans le blason.	(p. 25) : Initiales sur le hochet, devise *Semper idem*, nom du bateau écrit sur la bouée, et tatoué sur l'autre survivant.

Georges Perec : *W ou le souvenir d'enfance*	Jules Verne : *L'épave du « Cynthia »*
(p. 42) : Le *Sylvandre*, commandant Hugh Barton.	(p. 71) : « Le *Cynthia*, capitaine Barton. »
(p. 40) : Faire le tour du monde en bateau pour qu'un enfant sourd-muet retrouve (la parole ? soi ?).	(p. 231) : Faire le tour du pôle en bateau pour retrouver le secret sur soi enfant et son origine.
(p. 42) : « (...) où soudain tout se déchirera, tout s'éclairera, qu'il suffira d'une aurore un peu particulière (...) ».	(p. 172) : « quand le soleil, avec sa brillante auréole de cirrus, perce subitement le brouillard, laissant voir d'abord un petit pan de ciel bleu qui va peu à peu s'agrandissant (...) ».
(pp. 66-67) : Le bureau Véritas, le *Lloyd's Register of Shipping*.	(p. 77) : Le bureau Veritas, le Lloyd, enregistrent les appels au secours.
(p. 66) : La société de secours aux naufragés du Dr Apfelstahl.	(p. 124) : Société de secours pour un navire disparu, la *Vega*. Le docteur et l'avocat sont dans le comité directeur.
(p. 67) : « Lorsqu'un bateau sombre », « ou bien il y a, pas trop loin, un autre bateau qui vient lui porter secours (...) ».	(p. 153) : L'*Alaska* secouru par des pêcheurs de Sein.
(suite) : « ou bien les passagers s'entassent à bord de canots pneumatiques ou de radeaux de secours (...) ».	(p. 241) : La mère a attaché l'enfant à une bouée pour le passer aux passagers d'un canot.
(suite) : « ou dérivent accrochés à des espars, à des épaves désemparées que le courant entraîne ».	« l'épave du *Cynthia* » désigne « l'enfant à la bouée ». (p. 48) : « la petite épave vivante ». (p. 88) : « je suis sur le globe terrestre comme une épave ».
(p. 68) : « ou ils trouvent un refuge fragile sur une plate-forme de glace qui diminue de jour en jour ».	(pp. 212-225) : C'est la séquence la plus spectaculaire du roman. Le héros est sur un îlot de glace détaché de la banquise.
(p. 69) : Gaspard Winckler figure sur la liste des passagers du *Sylvandre*, et il a disparu.	(p. 87) : La liste des passagers du *Cynthia* a disparu.
(p. 69) : partir (en bateau ?) à la recherche de son homonyme ?	partir en bateau à la recherche de son nom.

Georges Perec : *W ou le souvenir d'enfance*	Jules Verne : *L'épave du* Cynthia
(p. 85) : Fouilles vaines (pendant 15 mois)	(p. 237) : Fouilles vaines (pendant 3 ans).
(pp. 86-87) : Gaspard Winckler s'était-il enfui ? L'avaient-ils abandonné puis s'en étaient-ils repentis ?	(p. 62) : « Sans doute il a été volontairement exposé sur les flots » (hypothèse qui se révélera fausse).
(p. 87) : « Cette sorte de mystère qui entourait la disparition de l'enfant ».	« La disparition du *Cynthia* étant restée inexpliquée et les causes du sinistre n'ayant pas paru suffisamment claires... »
(p. 94) : L'île ne figure pas sur les cartes.	(p. 148) : Falsification des cartes de l'Amirauté britannique. L'*Alaska* s'échoue sur un récif qui n'y figure pas.
(p. 95) : Les « Wasp », plus généralement la préoccupation de la « Race ».	(p. 8) : Au milieu des jeunes Suédois, l'enfant se distingue par les caractères de la race celtique ; (p. 47) : « Les caractères ethnographiques si nettement accusés chez Erik. » Pari entre le docteur et l'avocat pour ou contre son origine irlandaise ; (p. 49) : « Il est incontestable que les Irlandais appartiennent au rameau celtique de la race aryenne. »

VIII. LECTURES DE PEREC

Dans le chapitre « Les livres, une parenté enfin retrouvée »,
nous avons évoqué l'influence de Melville et de Jules Verne.
L'étude de Geneviève Mouillaud-Fraisse déjà citée souligne
les corrélations de *W* avec ces deux auteurs et Raymond
Roussel. Les lectures de Perec sont multiples, et fort
diverses, comme en témoigne par exemple le *Post-Scriptum*
de *La vie mode d'emploi*. Dans *W*, on l'a vu, le lecteur trouve
peu de citations explicites ou implicites, en dehors du chapitre XXXI. Nous avons choisi d'explorer une brève allusion à
Shakespeare, située en dehors de ce chapitre, et les citations, réduites à leur nom, de Lewis Carroll et de Roussel.

1. SHAKESPEARE ET LA MORT DU PÈRE

**Certaines citations peuvent receler des pièges, et cela à
proportion de leur insignifiance apparente. Ainsi de cette
citation de *Hamlet* :**

[...] au dos de la photo de mon père, j'ai essayé
d'écrire, à la craie, un soir que j'étais ivre, sans doute
en 1955 ou 1956 : « Il y a quelque chose de pourri
dans le royaume de Danemark. » Mais je n'ai même
pas réussi à tracer la fin du quatrième mot. [*W*, p. 45]

**Or, contrairement aux références à la même tragédie dans
La vie mode d'emploi, références élaborées, trahissant
une véritable connaissance du texte, la citation de *W*,
dans la même rubrique que « To be or not to be », c'est le
Shakespeare de tout le monde, le Shakespeare de ceux
qui n'ont pas lu Shakespeare[1]. Mais, à la relire, la tragédie**

---

1. Mais la même phrase se retrouve avec insistance, parfois en
pseudo-anglais, dans la correspondance avec Jacques Lederer
(« Cher, très cher, admirable et charmant ami... », *op. cit., passim*).

présente d'étranges rapports avec *W. Hamlet*, on s'en souvient, c'est l'histoire d'un crime. Un père est mort. Son fils s'en souvient, mais pas suffisamment. Et le père revient, jusqu'à ce que le fils sache que sa mort n'était pas une mort naturelle. La question posée par Otto Apfelstahl, « Vous êtes-vous déjà demandé ce qu'il était advenu de l'individu qui vous a donné votre nom ? » (*W*, p. 33), question évidemment polysémique, renvoie bien au nom du père (« Pardon ? fis-je sans comprendre », répété de la question sur les bretzels, p. 30 et p. 33) mais aussi à la question du père (p. 33, p. 39) : implicite, elle culpabilise celui qui l'entend, et qui « ne [s'est] jamais demandé » ce qu'il est advenu « de l'individu qui [lui] a donné [son] nom ». Le livre tout entier, dans ses deux strates, est une réponse à la question d'Otto : les deux « je », celui du souvenir d'enfance et le faux Gaspard Winckler, se confrontent désormais à la recherche de celui qui leur a donné [un] nom, comme Hamlet se consacre à rechercher la vérité sur la mort de son père, puis à le venger.

Un autre orphelin. Laërte, veut aussi venger son père :

« La manière de sa mort, l'obscurité de ses funérailles, point de trophée, d'épée ni d'armoiries sur ses os, ni rite de noblesse ni formalité de cérémonie — tout cela crie à voix haute, comme du ciel jusqu'à la terre, qu'il faut que j'en demande compte » (IV, 5).

Et que répond le roi ?

« Ainsi ferez-vous ; et que, là où est la faute, la grande hache tombe[1]. »

W : « L'histoire, avec sa grande hache, avait déjà répondu à ma place. »

Un dernier écho. Au premier acte, Hamlet apprend d'Horatio et des gardes qu'on a vu le spectre de son père. Il leur promet de les rejoindre à l'heure où le spectre a coutume de se montrer :

« Entre onze et douze, je vous rendrai visite. » (I, 2).

---

1. « So you shall ; And where the offence is let the great axe fall » (Globe Edition, London, Macmillan and Co., 1874, p. 837).

Retour à *W :* qu'y a-t-il entre XI et XII ? Il y a la page blanche griffée de trois points de suspension entre parenthèses, le passage d'une partie à l'autre, passage non fait, impossible, comme le deuil.

2. LEWIS CARROLL CARTOGRAPHE

Le nom de Lewis Carroll peut surprendre : il n'est même pas cité dans *W*, et son influence n'y est pas perceptible au premier abord. Pourtant, une indication nous est fournie par *Espèces d'espaces*, paru en 1974, l'année d'avant *W :* à la première page, on trouve :

Figure 1.   Carte de l'océan (extrait de Lewis Carroll, *La chasse au snark*) (p. 10),

cette carte étant un carré aussi blanc que celui de Malevitch. On peut alors y voir une allégorie de l'île W dans son espace insituable. Mais Lewis Carroll est aussi mathématicien, logicien, inventeur de jeux logiques, et créateur de jeux sur les signifiants, que ce soit dans les *Alice* ou dans *La chasse au snark*. Son imprégnation est plus nette dans d'autres œuvres de Perec, notamment les poèmes, mais cela explique néanmoins que Perec l'ait cité.

3. ROUSSEL, NAUFRAGÉS ET SURVIVANTS

Comme la présence de Lewis Carroll, celle de Roussel, au premier abord, du moins dans ce texte-ci, semble peu repérable. Si les oulipiens, et Perec parmi eux, ont placé très haut l'auteur de *Comment j'ai écrit certains de mes livres*, s'ils ont fréquemment utilisé ses procédures d'engendrement textuel, *W,* ce texte si peu oulipien, porte-t-il néanmoins trace de Roussel ?

Dans les chapitres de fiction, nombre d'éléments sont tirés des *Impressions d'Afrique :* le nom même du bateau, le *Sylvandre,* le naufrage et la mort d'une mère et de son

enfant, le récit des survivants du naufrage du *Lyncée* [1] ...
Mais d'autres textes de Roussel offrent des sources possibles de *W*. Ainsi *Locus Solus*, cet univers de machines magnifiquement inventives, mais statiques, où l'un des chapitres montre des morts, conservés par l'art de l'inventeur, réanimés pour de courts instants et « mimant » quelques moments de leur vie révolue pour la consolation supposée des survivants. Canterel, l'inventeur, y promène ses invités, il ne se passe rien dans le roman que cet inventaire de ses inventions, visite guidée, qui n'est pas sans faire songer le lecteur de *W* à l'intonation de guide touristique prise par la voix off de la seconde partie. Mais surtout, la structure même du texte de Roussel, fondée sur la réduplication (tout événement y est présenté deux fois, en énigme puis en dévoilement de l'énigme) préfigure aussi la structure binaire de *W* (et plus encore le roman posthume « *53 jours* »).

1. *Cf.* Dossier, p. 201.

IX. PEREC ET LA PSYCHANALYSE

Perec, nous l'avons vu, parle peu de la psychanalyse dans *W*, et ce de façon ironique. Mais l'expérience de la cure accompagne toute la phase d'écriture du *Souvenir d'enfance* (1970-1975). Et Claude Burgelin a démontré, dans *Les parties de dominos chez Monsieur Lefèvre* (Circé, 1996), l'importance décisive de l'analyse avec Pontalis, à la fois sur *W* et sur la suite de l'œuvre de Perec. Les textes que Pontalis a consacrés à son analysant sont donc de nature à éclairer la genèse de *W*.

Je me souviens qu'au cours de notre premier dîner suivant la fin de sa psychanalyse, Georges Perec me raconta que maintenant, quand il descendait la rue pour poster une lettre, il savait qu'il descendait la rue pour poster une lettre.

Harry Mathews, *Le verger, op. cit.*, p. 26.

1. LE FANTASME VÉNITIEN

Dans sa lettre à Nadeau de juillet 1969 Perec écrit à propos de ce « souvenir-fantasme » qu'est *W* :

JSN, p. 61.

Je l'avais complètement oublié ; il m'est revenu, un soir, à Venise, en septembre 1967, où j'étais passablement saoul...

Dans *W*, cette résurrection du souvenir à Venise apparaît en deux versions presque identiques (p. 14, p. 18). Or, dans « Roussel à Venise[1] », qui apparemment n'est qu'un pastiche fort réussi, écrit en collaboration avec Harry Mathews, pour se moquer à la fois de l'érudition géné-

---

1. Paru dans le numéro de *L'Arc* consacré à Roussel (n° 68, 1977), repris in *Cantatrix Sopranica L. et autres écrits scientifiques*, Éditions du Seuil, coll. « La librairie du XXᵉ siècle », 1991.

tique qui déchiffre les manuscrits et en présente des interprétations souvent hasardeuses, et de la psychanalyse, Perec se livre en réalité à une sorte d'autoportrait mélancolique. À partir de quelques feuillets manuscrits d'un pseudo-Roussel, retrouvés insérés dans la reliure d'un livre ancien, Perec-Mathews en viennent à imaginer l'aventure amoureuse de Roussel avec un jeune Vénitien, aventure qui se termine tragiquement par la mort de l'aimé et par l'enfermement de Roussel dans un deuil impossible. La métaphore de la crypte, qui se retrouvera dans *« 53 jours »*, empruntée à des études psychanalytiques que Perec a pu lire dans la revue de J.-B. Pontalis, fonctionne admirablement pour rendre compte de ce que Perec ne pouvait dire que sur un mode détourné, ici l'humour : la perte de l'objet aimé (la mère) et l'enkystement dans une douleur qui n'arrive même plus à être perçue[1].

On pourrait objecter que cette fantaisie vénitienne n'est qu'une invention de Perec-Mathews, mais le pastiche en est convaincant, et surtout Perec, à partir du procédé roussellien d'engendrement textuel, a pu encrypter des fantasmes trop personnels pour être livrés directement — de même que dans *W* il lui a fallu passer par la fiction pour parvenir à écrire le souvenir d'enfance.

2. PEREC VU PAR PONTALIS

J.-B. Pontalis a écrit à plusieurs reprises sur le « cas » Perec : « La pénétration du rêve », *Nouvelle revue de psychanalyse*, n° 5, printemps 1972, « Bornes ou confins ? », *Nouvelle revue de psychanalyse*, n° 10, automne 1974, « Le mort et le vif entrelacés », le cas Stéphane, *Nouvelle revue de psychanalyse*, n° 12, automne 1975.

1. Claude Burgelin, *Les parties de dominos chez Monsieur Lefèvre*, op. cit., p. 159-166.

Entre le rêve et la douleur (Gallimard, coll. « Connaissance de l'Inconscient », 1977) reprend ces articles, plus une conférence de 1973, « Faiseurs de rêves » (Pierre) et un exposé de 1976, « Sur la douleur (psychique) » (cas Simon).

Dans *L'amour des commencements* (1986), Perec figure à nouveau sous le pseudonyme de Pierre G., et dans *Perdre de vue* (1988) sous le prénom de Paul. Dans *Ce temps qui ne passe pas* (Gallimard, 1997), le cas Perec est encore cité, de façon anonyme, mais la citation inaugurale, « Je n'ai pas de souvenirs d'enfance », permet une facile identification. (p. 24-26)

Voici quelques extraits de ces divers textes :

Ce temps qui ne passe pas

Une analyse que j'ai déjà à plusieurs « reprises » évoquée comme si je devais prendre en charge, faire mienne une mémoire d'enfance si affirmativement niée et qu'il m'appartenait de la maintenir indéfiniment en vie.

La pénétration du rêve

Un patient de ce type apportera *rêve sur rêve* manipulant sans relâche des images et des mots ; le rêve ne cesse de l'éloigner d'une reconnaissance de lui-même, alors que c'est ce qu'il prétend y chercher par l'auto-interprétation. [...] Je dirai qu'il *se vole* ses propres rêves.

J.-B. Pontalis, « La pénétration du rêve », in *Entre le rêve et la douleur*, Gallimard, coll. « Connaissance de l'Inconscient », 1977, p. 31.

Faiseurs de rêves

Les rêves de Pierre étaient de ceux qu'on souhaiterait pouvoir inscrire sur une feuille de papier. C'était donc qu'ils n'étaient déposés nulle part, qu'ils n'avaient pas trouvé leur habitat, signe aussi qu'ils n'étaient destinés à personne : ni au rêveur qui, plutôt que d'être saisi par leur surgissement, se contentait de les redire minutieusement, ni à l'entendeur qui, en l'occurrence,

J.-B. Pontalis, « Faiseurs de rêves », *ibid.*, p. 40.

faute de se sentir interpellé par eux, n'y percevait qu'un fond sonore : aussitôt produits, aussitôt mis en cassettes. Que faire alors, sinon attendre que la machine à rêver se dérègle ? Mais si elle était un mouvement perpétuel ou un moteur immobile ?

Bornes ou confins ?

Il faudrait décrire une forme opposée de contre-transfert qui vient répondre cette fois, non à trop d'inclusion mais à un sentiment d'exclusion et, chez le patient, à un excès de représentation. Nous faisons ici allusion à ces analysés pour qui, sans qu'il s'agisse nécessairement d'obsessionnels, l'activité de pensée est prédominante. On peut croire, dans un premier temps, que l'analyse marche bien et même qu'elle court : rêves, souvenirs d'enfance, chaînes associatives subtilement entrecroisées, capacité de s'entendre, parfois émergence discrète d'affects, inattendus mais vivement intégrés, interprétations reçues, mais aussitôt placées dans le circuit. Comme ça fonctionne bien ! et pour cause, car la condition impérieuse est que l'appareil ne cesse de fonctionner, produisant sans relâche du sens et l'évacuant au fur et à mesure : il faut, à l'inverse des cas que nous évoquions plus haut, que *ça prenne sens pour que ça ne prenne pas corps,* et il n'y a pas de doute que l'analyse, par la mise en route du « tout dire », puisse, non créer, mais favoriser ce mode de fonctionnement mental. [...] Le contre-transfert, dans ce cas, me paraît alimenté par la visée imaginaire suivante : rendre vivant ce survivant, le faire naître, pour de bon, à lui-même.

J.-B. Pontalis, « Bornes ou confins ? », *ibid.*, p. 211.

Le mort et le vif entrelacés

Cet article où il est question du cas d'un patient surnommé Stéphane[1] paraît à l'automne 1975, soit peu de mois

1. Ce prénom n'est pas repris dans l'article en recueil.

après la fin de l'analyse de Perec. Pontalis y reprend et y développe d'abord son analyse des rêves *ready-made* de son patient, déjà élaborée précédemment :

Je m'aperçus au bout d'un temps que je n'étais pas « preneur » de ses rêves [...] c'est que les rêves ne prenaient pas corps, s'inséraient tout naturellement dans une parole facile, non scandée de silences, sans expression d'affects, comme si l'angoisse se diluait dans le dire et ne s'affirmait que dans la tension de la séance. Ils étaient pour ainsi dire consignés, enregistrés et traités comme un texte à décoder, comme une lettre assurément écrite dans une langue étrangère mais qui ne viendrait pas d'un autre pays et n'aurait pas de destinataire. [...] Ici, c'était tout ce qui émane de la pulsion qui se trouvait aussitôt projeté, évacué sur la scène mentale et soumis à un travail minutieux de division, de dislocation, à un processus sans fin de liaison. On pourrait dire de ce patient et de ses pareils qu'ils sont des insomniaques du jour.

J.-B. Pontalis, « À partir du contre-transfert : le mort et le vif entrelacés », in *Entre le rêve et la douleur, op. cit.*, p. 234.

Mais il va plus loin, à la fois notant sa réticence devant le matériau apporté par « Stéphane », sa tentation première de le désigner comme « faux self », puis sa compréhension de cette construction :

Dès le premier entretien, j'avais noté, et apprécié, le fait qu'il ne venait pas pour se plaindre (malgré certains épisodes dramatiques de son existence et une symptomatologie fort gênante) ni pour se comprendre (il en connaissait manifestement un bout sur lui-même). Il vient, me disais-je, chercher quelque chose qu'il n'a pas trouvé. D'où ma déception [...] voire ma récusation de ce qu'il me présentait, mon inclination à le désigner comme « faux self ». [...] J'en vins à apercevoir l'autre dimension du « faux self » : c'est une construction dont l'individu a eu absolument besoin pour *survivre* et qu'il convient de

Ibid., p. 235-236.

respecter dans une certaine mesure en ne le dénonçant pas comme résistance. Ce qu'il importait à ce « survivant » de préserver alors, c'étaient moins les mots, images, souvenirs qu'il me confiait, que la *capsule* de pensée qui lui tenait lieu de corps, c'étaient moins les lettres qu'il me délivrait et déchiffrait minutieusement que l'*enveloppe* qui les contenait. Quoi, dans l'enveloppe ? Au point où j'en suis, je répondrais : le couple de ses parents morts.

Claude Burgelin interroge l'effet produit sur Perec par la lecture de cet article, dont la parution était contemporaine de celle de W :

Perec a lu la relation du cas Stéphane. Il était impossible qu'un tel article ne tombe pas sous ses yeux. Il y avait bien sûr des lecteurs de *La Nouvelle Revue de psychanalyse* dans l'entourage de Perec. [...] Le trouble de Perec a dû être d'autant plus grand que son « cas » ne ressortissait pas de la banalité névrotique ordinaire : le voici étiqueté « faux self » et « état-limite », *a priori* réfractaire à l'analyse et soumettant le contre-transfert de l'analyste à une délicate épreuve, qui méritait narration ; le voici devenu un cas [...] On peut supposer que les raisons qui ont amené l'analyste à publier si rapidement les réflexions que lui inspirait un tel cas étaient fortes et impérieuses. À lire les propos tenus sur Stéphane, on se laisse prendre par l'impression que l'analyse de Perec a induit chez son analyste un contre-transfert quelque peu imprévu. [...]

À lire ces textes, on a le sentiment que l'analyste a fait ce que Perec ne pouvait pas faire : abandonner carapaces et quadrillages, se laisser atteindre ou perdre dans ses propres zones de déréliction.

Claude Burgelin, *Les parties de dominos chez Monsieur Lefèvre, op. cit.*, p. 120-122.

Pontalis, un an après, revient sur le cas Perec, cette fois nommé Simon. Dans cet exposé, une citation quasi textuelle du début de W :

Ses deux parents sont morts dans ses premières années : déportés, disparus. Il voit dans cette double disparition la cause de son « amnésie infantile » [...] « Je ne peux pas avoir de souvenirs d'enfance puisque j'ai été si tôt orphelin. » Autrement dit, les parents ont entraîné dans la mort l'enfant vivant. Il ne lui reste qu'à survivre. [...] Il s'était constitué un système clos — clôture et séparation —, une sorte de camp de concentration mental où les exploits intellectuels, une discrète et ironique mégalomanie auraient pris la place, par retournement, des sévices corporels et de la misère physique. Système dont je devais être le témoin, le gardien et le garant. [...] Ses mesures de protection n'avaient pas seulement une fonction défensive : elles lui servaient à garder caché, intact en lui et intouché, le lien de sa mère au petit enfant meurtri. Il fallait d'abord à Simon l'assurance que, de cet enfant-là, je pourrai prendre soin. Il fallait qu'il me trouve là où il ne me cherchait pas et que je le cherche là où il ne s'était pas trouvé.

J.-B. Pontalis, « Sur la douleur (psychique) », in *Entre le rêve et la douleur, op. cit.*, p. 263-264.

X. PEREC ET LA JUDÉITÉ

1. L'INTERPRÉTATION DE ROBERT MISRAHI : *W* ET « SEPTEMBRE NOIR »

Perec, nous l'avons vu, parle peu de la judéité, que ce soit dans *W* ou dans ses autres textes. Robert Misrahi n'hésite pas en à donner une interprétation sévère :

Israël n'est jamais nommé dans *W*. Israël n'entre sans doute pas dans les préoccupations de Perec. Ou l'auteur pressent peut-être qu'un écrivain qui clamerait trop ouvertement son attachement à Israël se condamnerait [...] à la mort littéraire.

« *W*, un roman réflexif », *L'Arc* n° 76, 3ᵉ trimestre 1979, p. 85.

Allant plus loin, il rapproche les dates d'écriture de *W* de l'attentat de Munich en 1972, et reproche encore à Perec de ne pas avoir signalé cette « source » :

W est daté : 1970-1974. *Or, 1972, c'est* MUNICH. C'est l'attentat terroriste perpétré par l'O.L.P. contre les athlètes israéliens dans le Village olympique de Munich. Par cet attentat contre des sportifs désarmés, et au sein d'un espace fondé sur l'idéologie de la compétition fraternelle, les membres de l'O.L.P. renversaient leur pseudo-idéal de liberté démocratique et fraternelle, et ce renversement était comme le progrès insidieux et irrésistible d'une pourriture. Ne peut-on reconnaître là ce qui est précisément décrit dans *W* ? [...] Nous sommes persuadés que si [Perec] avait nommé Israël et Munich, son œuvre eût été barrée, repoussée dans l'ombre, et gommée par l'oubli. Il est infiniment plus important que *W* soit connu et diffusé...

Ibid., p. 85-86.

Or, Perec a certes été frappé par les événements de Munich, mais probablement pas dans le sens que voudrait Misrahi :

J'ai passé tout l'été dans une niche, en lisant à peine les journaux, dans une sorte de stase schizophrénique. [...] [Mais] ce qui m'a le plus frappé, c'est évidemment Munich. [...] Le grand événement politique international, c'est la tentative des feddayin de Munich et son déroulement qui, lui, n'entre pas du tout dans ce qui est prévu. [...] Le sort des Palestiniens, des Biafrais, des Irlandais sont des choses qui nous concernent au premier chef...

Cause commune, n° 4, novembre 1972, débat sur la violence.

D'autre part, comme nous l'avons signalé, la rédaction du feuilleton s'achève en 1970.

2. LA CITATION DE DAVID ROUSSET

David Bellos fait remarquer que la citation de David Rousset, qui figurait déjà à la fin du feuilleton *W*, est tronquée (p. 221-222) :

La structure des camps *comme Neue Bremm, près de Sarrebruck, de répression contre Aryens*, est commandée par deux orientations fondamentales...

Rousset ne traite pas de l'extermination des juifs, mais du système concentrationnaire en général, et Perec aurait préféré le citer (plutôt qu'un témoin juif), toujours pour éviter un rappel trop douloureux de sa propre expérience[1].
    En fait, David Rousset ne se limite pas aux « camps de répression contre Aryens ». Dans *Les jours de notre mort*[2], il relate ce qu'il a vécu à Buchenwald, en tant que déporté politique, mais évoque aussi Auschwitz à travers les documents et les récits de survivants qu'il a pu rassembler. Comme Antelme, Rousset refuse la description complaisante de scènes d'horreur et se propose avant

1. David Bellos, *op. cit.*, p. 570.
2. David Rousset, *Les jours de notre mort* (1947), Hachette, 1993.

tout de faire une analyse politique et sociale de la vie dans le camp. Certains titres font songer de façon troublante à l'univers W : « Il est plusieurs manières d'entrer dans la demeure des maîtres », « Aux portes de la cité », « Scènes d'entre deux mondes », « La ville s'ouvre lentement devant l'étranger »... Mais surtout, Rousset insiste sur la nécessité de la mémoire, nécessité ressentie par les déportés politiques au moment même où ils luttent pour leur survie et ne peuvent guère escompter un retour : tous, même ceux qui se sont laissé gangrener par la bureaucratisation concentrationnaire — dans W, les petits exécutants —, veulent garder en mémoire ce qu'ils ont vécu, c'est-à-dire précisément le caractère *de classe* du nazisme, pour en tirer parti à leur retour, même s'ils n'en tirent pas tous les mêmes conclusions.

XI. CHIFFRES, LETTRES, FIGURES

Le jeu sur les signifiants est sans doute moins important dans *W* que dans les poèmes comme *Alphabets* ou les divers textes obéissant à une ou des contraintes. Il est néanmoins utile de signaler brièvement la présence et l'efficacité de certains « chiffres et lettres », sinon bâtons, pour reprendre un titre de Queneau.

1. LETTRES

W

En français, par rapport aux autres lettres de l'alphabet, le W se conduit en lettre *étrangère* par excellence, en lettre venue d'ailleurs. Qu'on s'amuse à consulter un dictionnaire : de « wagon » à « whisky », en passant par « water-closet » et « week-end » [...] la quasi-totalité des mots sont des emprunts. [...] Le français abhorre tellement le W qu'avec le temps il transforme les mots à W de façon à éliminer cette lettre complètement : *werra* devient *guerre*, *wrist* devient *guêtre*, *warenna* devient *garenne* : exemples qui témoignent de l'éradication systématique de l'infâme.

Warren Motte, « Embellir les lettres », *CGP*, n° 1, p. 120.

Or le W est lié au thème judaïque chez Perec : il est la figure de base de toutes les permutations graphiques qui aboutissent aussi bien à l'étoile de David qu'au sigle SS. Donc à la fois du côté des parents et de leur lignée, et du côté de leur destruction.

« Dorénavant (en 1941), la lettre W, dans l'abécédaire des écoliers, matérialise le wagon du Maréchal qui file sur les routes de France. » Parmi les affiches d'Andrée Manziat formant précisément un

Dominique Rossignol, *Histoire de la propagande en France de 1940 à 1944. L'Utopie Pétain* (P.U.F., coll. « Politique d'aujourd'hui », 1991), signalé par M. Dubut, *Bulletin Perec*, n° 20 (automne 1991), p. 17.

abécédaire iconographique, figurent justement un gros W en lettres d'imprimerie, un *w* manuscrit et une suite de wagons de chemin de fer sous-titrée « LE WAGON DU MARÉCHAL », ainsi qu'un Y étrangement (logiquement) illustré par un... Yacht.

X

Mon père s'appelle Icek Judko. Icek c'est-à-dire Isaac. On l'appelait Isie. C'est ainsi que parfois Esther ou Lili en parlent. Pdt toute mon enfance (de 12 à 18 ans ?) je l'ai assez systématiquement appelé André. Il n'y a pas de mythologie particulière d'ailleurs liée à ce nom (alors qu'il y en a une à propos du nom de ma mère, Cécile [...] : un personnage comme André (Bolkonski[1]) n'est pas lié à une image paternelle, ni aucun des autres André dont je peux actuellement me souvenir [...] Saint André ne m'évoque rien (est-ce lui qui a été crucifié sur un X ?)

Georges Perec, « Le petit carnet noir », *CGP*, n° 2, p. 167.

Le signifiant SS, obtenu par les permutations autour de la lettre X (p. 110), se retrouve rue Vilin :

Du côté impair, la rue fait, à la hauteur du n° 49, sur la gauche, un deuxième angle, également d'environ 30° : cela donne à la rue l'allure générale d'un S très allongé (comme dans le sigle SS).

« La rue Vilin », in *L'infra-ordinaire*, *op. cit.*, p. 20-21.

E

Lettre de la dédicace, voyelle « absente de tout bouquin », selon le joli détournement mallarméen de Michel Sirvent[2].

---

1. L'un des héros de *Guerre et Paix* de Tolstoï.
2. Michel Sirvent, « Blanc, coupe, énigme, « auto(bio)graphies », *W ou le souvenir d'enfance* de Georges Perec », in *Littérature*, n° 98, mai 1995, p. 3-23.

Dans la légende du Golem, il est raconté qu'il suffit d'écrire un mot, *Emeth*, sur le front de la statue d'argile pour qu'elle s'anime et vous obéisse, et d'en effacer une lettre, la première, pour qu'elle retombe en poussière

sur Ellis Island aussi, le destin avait la figure d'un alphabet.

Récits d'Ellis Island, op. cit., p. 35.

2. CHIFFRES

Bernard Magné a démontré, sur différents textes de Perec, l'importance du réglage par les chiffres, par lequel certains chiffres significatifs de la biographie, et au premier chef la date de la mort de la mère (11 février 1943), se trouvent encryptés dans la fiction ou en engendrent des motifs. Ainsi, dans *W*, rappelant qu'après le naufrage du yacht on trouve cinq cadavres alors qu'il y a un sixième nom sur la liste des passagers, que la première partie de *W* comporte onze chapitres, etc., il remarque :

À travers ce jeu sur les chiffres, le onze est donc associé ici très clairement à la mort, mais à une forme très particulière de la mort : une mort *sans corps*, sans trace, une disparition d'autant plus violente qu'elle est double, d'abord perte de la vie, puis perte de toute trace de la perte première. [...] Tout se passe comme si en multipliant les occurrences du onze, fût-ce dans des détails anodins et apparemment programmés par l'exactitude référentielle (par exemple : « On est montés dans la onze-chevaux noire de mon oncle »), l'écriture d'une part transformait un élément biographique en une structure formelle génératrice et d'autre part faisait de l'espace textuel, de la page, du lieu même de l'inscription un substitut de cet autre lieu, improbable, innommable, inassignable : « Ma mère n'a pas de tombe. »

Bernard Magné, « Pour une lecture réticulée », *Cahiers Perec*, n° 4, Éditions du Limon, 1990, p. 159.

« Il n'y a que vingt-cinq consulats helvétiques dans toute l'Allemagne » (p. 87), soit vingt-six moins un, le nombre des lettres de l'alphabet si l'on en retire la disparue.

3. NOMS PROPRES

Schulewitz n'est pas moins riche de sens que *Peretz*. En yiddish, le mot *schul* désigne une synagogue (de l'allemand *die Schule*, école, salle de classe) ; *witz* désigne l'esprit, l'intelligence, l'humour ou le mot d'esprit. Ainsi les membres de la famille maternelle de Perec s'annoncent comme des « humoristes érudits », des « esprits de synagogue » ou des « rigolos de la classe », selon l'interprétation que l'on choisit. Même s'il avait perdu tout souvenir des langues de son enfance, Perec adulte ne pouvait pas ignorer ces « traductions » du nom de jeune fille de sa mère : il avait de nombreux amis qui comprenaient le yiddish, de nombreux collègues allemands et, à l'époque où il rédigea son autobiographie d'enfance, Perec lui-même avait une bonne connaissance de l'allemand écrit. Il est inimaginable qu'il n'ait pas saisi l'extraordinaire prédestination que sa lignée maternelle lui avait forgée à travers le nom de *Szulewicz ;* mais il n'y fait pourtant jamais la moindre allusion. [. .] Ce que Perec dit au lecteur à propos du nom de son père annonce un jeu de trous. Il nous dit aussi la disparition de sa mère.

David Bellos, *Georges Perec. Une vie dans les mots*, op. cit., p. 26-27.

La sémantique des noms propres est une des manifestations de la folie de l'univers W. Surnoms, sobriquets, systèmes délirants de particules, etc., ne servent qu'à mettre en place un anonymat généralisé : « L'abandon des noms propres appartenait à la logique W » (p. 134). Or, ladite société W veut que « les lois de la génération » soient celles du rapt et du viol...

Claude Burgelin, *Les parties de dominos chez Monsieur Lefèvre*, op. cit., p. 173.

4. TRIANGLE

Les novices de W portent sur le dos de leur survêtement « un large triangle d'étoffe blanche, cousu la pointe en bas » (p. 134). Le même triangle, p. 199, est cousu la pointe en haut. Cette contradiction, si on la dessine, forme la figure d'une étoile de David. Perec a assuré que cette « erreur » était involontaire.

David Bellos, *op. cit.*, p. 589.

XII. VIES IMAGINAIRES DE GEORGES PEREC

1. ROBERT BOBER

Le roman de Robert Bober, *Quoi de neuf sur la guerre ?* (P.O.L, 1993 et Folio n° 2690), se situe à Paris en 1945 : les protagonistes, Juifs pour la plupart, ont survécu à la guerre et à la déportation, certains attendent le retour de leurs parents déportés, espérant encore. L'un des narrateurs, le petit Raphaël, passe l'été à la campagne, dans une colonie de vacances juive :

Je me suis fait plein de nouveaux camarades. Il y en a un surtout avec qui je m'entends bien et qui s'appelle Georges. Il a une manie, il fait des listes. Surtout des listes de films. À tout le monde il demande des noms de films qu'on a vus et il les inscrit sur des feuilles. Mais il recommence tout le temps parce qu'il les recopie par ordre alphabétique et il y en a toujours des nouveaux alors on retrouve des listes partout [...] L'autre soir on nous a passé un film soviétique : *L'arc-en-ciel.* C'était bien. C'est l'histoire d'un village occupé par les boches, jusqu'à sa libération par les partisans. Georges aussi a trouvé le film bien, sauf que maintenant il est obligé de recommencer sa liste de films depuis le début [p. 20-22].

C'est Georges qui est à côté de moi et qui profite de l'heure du courrier pour refaire sa liste de films parce qu'il n'a pas à qui écrire, qui m'a dit qu'il faut toujours tout noter ou tout raconter pour s'en souvenir plus tard [p. 23].

On a appris que beaucoup d'enfants allaient rester au manoir après les vacances. Ce sont tous ceux dont les parents ne sont pas encore rentrés

Robert Bober, *Quoi de neuf sur la guerre ?* P.O.L, 1993 et Folio n° 2690.

des camps. [...] Georges, qui reste aussi, ira dormir au château. Je lui ai dit que c'était bien, que tous ceux qui restaient allaient se sentir encore en vacances. Mais il ne savait pas très bien. Peut-être que ses parents vont revenir bientôt. Je lui ai promis de lui écrire et de lui envoyer les programmes de cinéma pour sa liste. Si le jour du courrier est maintenu, il aura à qui écrire maintenant [p. 28].

Un jour Raphaël, qui est de retour à Paris, invite Georges à venir dormir chez lui. Au petit déjeuner, Georges refuse les tartines de confiture. Dans la nuit, il raconte à Raphaël pourquoi il ne peut pas manger de confiture :

Avec mes parents, j'habitais rue Julien-Lacroix, à Belleville. Je me souviens de deux pièces... Dans la première, la plus grande, on mangeait et on se lavait, ma mère faisait la cuisine et je faisais mes devoirs. Dans l'autre pièce, on dormait. Il y avait un grand lit pour mes parents et un lit-cage pour moi qui commençait à devenir petit. C'est pour ça peut-être que des fois, le matin, j'allais les rejoindre dans leur lit... Mais la plupart du temps ils étaient déjà levés... Ma mère faisait de la couture à la maison parce qu'il y avait aussi une machine à coudre dans la grande pièce, mais mon père ne travaillait pas à la maison... Un jour, mon père est arrivé à la maison avec un grand pot de confiture. Il était très content et voulait qu'on la mange le soir même. Mais ma mère n'avait pas voulu. Elle disait que c'était du luxe et qu'il valait mieux attendre des jours plus sombres, et qu'on en profiterait mieux... Mon père avait dit que les jours étaient déjà assez sombres comme ça, mais ma mère a traité mon père de gourmand et elle a rangé la confiture dans un grand placard [...]

Un matin, très tôt, c'était en 42, on a frappé très fort à la porte : c'était la police. J'étais encore au lit... Mon père d'un seul coup m'a pris dans les bras et très vite m'a mis dans le placard et il m'a dit : « Tu ne bouges pas, tu ne dis rien ! » [...] J'avais neuf ans et j'étais pas gros et c'était facile pour moi de ne pas bouger, pourtant je ne savais pas ce que je craignais le plus : rester caché ou être découvert...

Georges voit ses parents emmenés par les policiers, et, resté seul, mange toute la confiture :

Longtemps après, mais je ne sais plus combien de temps, je suis sorti du placard et je me suis habillé. Je n'avais rien à faire à la maison alors je suis sorti dans la rue et presque tout de suite j'ai tout vomi. C'est là qu'une dame qui me connaissait m'a emmené chez elle et s'est occupée de moi...

Plus tard, dans les années 81-82, Raphaël évoque son ami Nathan, qui vient de mourir, avec qui il se promenait rue Vilin, et qui lui parlait de l'école maternelle où il allait, « de l'autre côté de la rue des Couronnes » (p. 210). Raphaël avait pris des photos de ces rues promises à la démolition : « C'est son absence qu'elles raconteront désormais » (p. 211). C'est là, après la mort de Nathan, qu'il a l'intuition de ce que sera désormais son travail de photographe :

Photographier non plus ce qui existait, mais ce qui avait disparu, puisque, me semblait-il, c'est le manque qui donne à voir.

C'est quelque temps après, en Pologne, dans le cimetière juif de Radom, où toutes les pierres tombales manquaient, laissant apparaître à perte de vue des trous béants [...] Ce qui était contenu dans ces vides, et que la photographie mettait à jour, c'est ce qu'avait été la vie des Juifs de Pologne.

2. RÉGINE ROBIN

Régine Robin a imaginé cinq « scénarios identitaires » alternatifs pour Perec.

Les parents se rencontrent à Varsovie. Georges naît le 7 mars 1936 et est élevé à Lubartow. Il porte un prénom polonais, le même nom. Il parle yiddish et polonais, un peu. Il a six ans en 1942 lorsque la communauté juive de Lubartow est supprimée dans le cadre de la solution finale. Il disparaît avec ses parents.

Régine Robin, « Un projet autobiographique inédit de George Perec : L'arbre », in Le cabinet d'amateur, n° 1, printemps 1993, p. 20. D.R.

Même scène, mais les parents ont eu le temps de prendre les derniers trains qui se rendent en U.R.S.S. avant l'arrivée des Allemands. Le père rejoint l'Armée Rouge. Il meurt devant Stalingrad. Georges Perec devient un écrivain soviétique, sans doute un dissident.

La famille émigre aux U.S.A. longtemps avant sa naissance. Quand Georges naît, ses parents parlent déjà l'anglais presque sans accent. Il grandit à New York. Son père est dans les diamants. On le retrouve dans la peau d'un Philip Roth ou d'un Woody Allen, très new-yorkais, très américain, ou d'un Paul Auster.

Les parents ont séparément rejoint la Palestine. Ils se rencontrent à Haïfa. Georges Perec naît en Israël et grandit dans les oliviers et les lauriers-roses. Il parle hébreu. On le retrouve plus tard, écrivain israélien, opposé à la guerre du Liban, traducteur des poètes français et féru de kabbale.

Enfin la même scène en France, mais sa mère ne l'a pas conduit à la gare de Lyon en 1942, et en ce jour fatidique de janvier 1943 il se trouve avec elle, et il est déporté avec elle.

Tout cela passe par le polonais, le russe, le yiddish, l'hébreu, l'anglais. Un hasard que ce soit le français, sa langue.

3. GEORGES PEREC

J'aurais pu naître, comme des cousins proches ou lointains, à Haïfa, à Baltimore, à Vancouver
j'aurais pu être argentin, australien, anglais ou suédois
mais dans l'éventail à peu près illimité de ces possibles,
une seule chose m'était précisément interdite :
celle de naître dans le pays de mes ancêtres,
à Lubartow ou à Varsovie,
et d'y grandir dans la continuité d'une tradition,
d'une langue, d'une commurauté.

Quelque part, je suis étranger par rapport à quelque chose de moi-même ;
quelque part, je suis « différent », mais non pas différent des autres, différent des « miens » : je ne parle pas la langue que mes parents parlèrent, je ne partage aucun des souvenirs qu'ils purent avoir, quelque chose qui était à eux, qui faisait qu'ils étaient eux, leur histoire, leur culture, leur espoir, ne m'a pas été transmis.

Je n'ai pas le sentiment d'avoir oublié,
mais celui de n'avoir jamais pu apprendre.

Georges Perec, *Récits d'Ellis Island*, Éditions du Sorbier, 1980, p. 44-45.

XIII. BIBLIOGRAPHIE

1. ŒUVRES DE GEORGES PEREC

Perec a beaucoup écrit, et dans tous les domaines : romans, poèmes, pièces de théâtre, textes pour la radiodiffusion, nouvelles, essais, articles critiques, mots croisés... On trouvera une bibliographie complète *in* Bernard Magné, *Tentative d'inventaire pas trop approximatif des œuvres de Georges Perec*, Presses universitaires de Toulouse-Le Mirail, 1993. Ne sont cités ici que les textes qui éclairent directement ou indirectement *W ou le souvenir d'enfance*.

Quel petit vélo à guidon chromé au fond de la cour ?, Paris, Denoël, coll. « Les Lettres Nouvelles » ; Folio n° 1413.

Un homme qui dort, Paris, Denoël, coll. « Les Lettres Nouvelles », 1967 ; Folio n° 2197.

La disparition, Paris, Denoël, coll. « Les Lettres Nouvelles », 1969 ; L'Imaginaire n° 215.

Les revenentes, Paris, Julliard, coll. « Idée fixe », 1972.

La boutique obscure, Paris, Denoël-Gonthier, coll. « Cause commune », 1973.

Espèces d'espaces, Paris, Galilée, coll. « L'espace critique », 1974.

W ou le souvenir d'enfance, Paris, Denoël, coll. « Les Lettres Nouvelles », 1975 ; L'Imaginaire n° 293.

Je me souviens, Paris, Hachette, P.O.L, 1978.

La vie mode d'emploi, Paris, Hachette, P.O.L, 1978.

Un cabinet d'amateur, Paris, Balland, coll. « L'instant romanesque », 1979. Réédité aux Éditions du Seuil, coll. « La librairie du XXᵉ siècle », 1994.

Récits d'Ellis Island : histoires d'errance et d'espoir (avec Robert Bober), Paris, Éditions du Sorbier, 1980, rééd. P.O.L, 1994.

Ellis Island (texte seul), P.O.L, 1995.

Après la mort de Perec, sont parus le roman inachevé *« 53 jours »*, mis au net par Jacques Roubaud et Harry Mathews (P.O.L, 1989 ; Folio n° 2547) et différents recueils reprenant des articles ou entretiens dispersés. En particulier :

Penser/Classer, Paris, Hachette, coll. « Textes du XXe siècle », 1985, comprenant notamment « Notes sur ce que je cherche », « Les lieux d'une ruse ».

Je suis né, Paris, Éditions du Seuil, coll. « La librairie du XXe siècle », 1990, comprenant notamment « Les lieux d'une fugue », la « Lettre à Maurice Nadeau » de 1969, « Les gnocchis de l'automne », « Le travail de la mémoire ».

L.G., une aventure des années soixante (Éditions du Seuil, coll. « La librairie du XXe siècle, 1992).

2. OUVRAGES CRITIQUES

1. OUVRAGES CONSACRÉS À *W OU LE SOUVENIR D'ENFANCE*

Cahiers Georges Perec, n° 2 : *W ou le souvenir d'enfance : une fiction* (Séminaire 1986-1987, Revue *Textuel 34/44*, n° 21, 1988). L'Association Georges Perec prépare une nouvelle version, augmentée et révisée, de ce numéro, sous la direction de Hans Hartje.

Philippe Lejeune, *La mémoire et l'oblique. Georges Perec autobiographe*, Paris, P.O.L, 1991. (Sur les manuscrits de Perec.)

2. ARTICLES OU CHAPITRES D'OUVRAGES CONSACRÉS À *W OU LE SOUVENIR D'ENFANCE*

Dans le *Cahier Georges Perec*, n° 1 (P.O.L, 1985), plusieurs articles traitent partiellement de *W*, en particulier ceux de Marcel Bénabou, Claude Burgelin, Anne Roche, Vincent Colonna, Warren Motte.

Stella Béhar, *Georges Perec : écrire pour ne pas dire*, New York, Peter Lang, 1995, en particulier les pages 109-122 et 145-152.

Daniel Canty, « Inexistences de la machine dans *W* de Georges Perec »,

Cahiers de recherche. Entre science et littérature, Groupe Savoirs et Littérature, 18, Montréal, CIADEST, 1994, p. 43-58.

Judith Klein, *Literatur und Genozid. Darstellungen der nationalsozialistischen Massenvernichtung in der französischen Literatur*, Wien, Köln, Weimar, Bohnau Verlag, 1992. Le chapitre 6 est consacré à *W*.

Geneviève Mouillaud-Fraisse, « Ou bien, plus tard, parfois, quelque part, quelque chose comme un astre blanc, qui explose », *Ex*, n° 2, Aix-en-Provence, Éditions Alinéa, 1983, p. 44-55.

Geneviève Mouillaud-Fraisse, « *W*, la maldiction », *in Les fous cartographes. Littérature et appartenance*, Paris, L'Harmattan, 1995, p. 155-181.

Mireille Ribière (dir.), *Parcours Perec*, Presses universitaires de Lyon, 1990, notamment les articles de Philippe Lejeune et Andy Leak.

Michael Sheringham, *French Autobiography. Devices and Desires. Rousseau to Perec.* Oxford, Clarendon Press, 1993, p. 320-326 consacrées à *W*.

Michel Sirvent, « Blanc, coupe, énigme, " auto(bio)graphies ", *W ou le souvenir d'enfance* de Georges Perec », *in Littérature*, n° 98, mai 1995, p. 3-23.

3. SUR L'ŒUVRE DE PEREC

L'Association Georges Perec (Bibliothèque de l'Arsenal, 1, rue de Sully, 75004 Paris) s'est donné pour tâche de rassembler tous les éléments bio- et bibliographiques sur son auteur. Le Bulletin interne de l'Association donne périodiquement des informations sur les parutions, republications, ouvrages critiques, travaux universitaires, émissions de radio ou de télévision, films, expositions, etc., concernant Perec.

Les *Cahiers Perec*, qui comptent en 1997 six numéros, rassemblent des articles de fond, des inédits de Perec, les cahiers des charges, etc. Outre le n° 2 déjà cité, consacré à *W*, les n°s 1 et 4 comportent des articles pertinents pour la lecture de cette œuvre.

La meilleure introduction à l'œuvre est actuellement le *Georges Perec* de Claude Burgelin (Paris, Éditions du Seuil, coll. « Les contemporains », 1988). Régine Robin, dans *Le deuil de l'origine* (Paris, Presses universitaires de Vincennes, coll. « L'imaginaire du texte », 1993), consacre à Perec un chapitre d'une grande densité (p. 173-259).

Bernard Magné, qui a dirigé le colloque de Cerisy consacré à Perec (1984 ; *CGP*, n° 1, P.O.L, 1985), et a créé la revue d'études perec-quiennes *Le cabinet d'amateur* (Les Impressions nouvelles), a égale-ment coordonné le numéro spécial de *Littératures* (1983) et celui d'*Études littéraires* (1990). Il a publié de nombreux articles sur Perec, certains réunis en volume : en particulier *Perecollages 1981-1988* (Presses universitaires de Toulouse-Le Mirail, 1989), « Perecritures », in *La réécriture* (sous la direction de C. Oriol-Boyer, Grenoble, Ceditel, 1990) et la *Tentative d'inventaire...* déjà citée.

Sur le rapport de Perec à la psychanalyse, on lira Claude Burgelin, *Les parties de dominos chez Monsieur Lefèvre. Perec avec Freud, Perec contre Freud* (Circé, 1996), livre surtout axé sur *La vie mode d'emploi* mais qui comporte des aperçus suggestifs sur *W*.

Revues :
Le Magazine littéraire a consacré deux dossiers à Perec, en 1983
    (n° 193, mars) et 1993 (n° 316, décembre).
L'Arc, n° 76, 3e trimestre 1979.

3. TRADUCTIONS

W a été traduit en espagnol, en anglais, en néerlandais, en italien, en fin-landais, en hébreu, en polonais, en japonais et en luso-brésilien.

4. ADAPTATIONS AU THÉÂTRE

Deux adaptations ont été réalisées à ce jour :
1. par la compagnie Blaguebolle, adaptation et mise en scène de Bernard Palmi, au théâtre de la Minoterie à Marseille (décembre 1991).
2. par Marie-Noëlle Peters, au théâtre du Lucernaire (avril-mai 1994).

TABLE

ESSAI

DOSSIER

Composition Traitext.
Impression Bussière
à Saint-Amand (Cher), le 22 février 2005.
Dépôt légal : février 2005.
1ᵉʳ dépôt légal dans la collection : septembre 1997.
Numéro d'imprimeur : 050784/1.
ISBN 2-07-040290-8./Imprimé en France.

136651